愛在瘟疫蔓延時

東瑞 著

獲益出版事業有限公司

獲益

愛在瘟疫蔓延時

著　　者：東　瑞
封面設計：桑　妮
主　　編：東　瑞（黃東濤）
督 印 人：蔡瑞芬
出　　版：獲益出版事業有限公司
九龍土瓜灣道94號美華工業中心A座8樓11室
HOLDERY PUBLISHING ENTERPRISES LTD.
Unit 11, 8/F Block A, Merit Industrial Centre,
94 To Kwa Wan Road, Kowloon, H.K.
Tel: 2368 0632　　Fax: 3914 6917
版　　次：二零二二年三月初版
國際書號：ISBN 978-962-449-607-9
如有白頁、殘缺、或釘裝錯漏等，歡迎退換。

那些年，我與我小說人物同哭笑

——《愛在瘟疫蔓延時》自序

●東瑞

二零二零年，真是叫人悲傷、沉重的一年，百般感受湧上心頭，不知從何說起？要說的，要寫的，都化成了文字。

二零二零年，我和另一半因為疫情，禁足、宅家、相守；首次自我封閉，靜候天亮到來；二零二零年，我倆從焦慮、擔憂、緊張，慢慢看開、放下、坦然安心地走出書齋。從不敢出門、風聲鶴唳、渴求口罩到調整心態、學會保護自己，在家堅守崗位、還大做善事、四處派贈口罩給別人；從驚慌失措、一度被日日確診的數字嚇壞，到在同一屋簷下擊掌為號爭分奪秒工作……我破紀錄地寫下了疫情小小說系列逾五十篇，還有散文、雜文、小品、散文詩、新詩、評論、長篇等，共達三十餘萬字。當然，這都是個人的文字賬，意義終究有限，只要疫情快快清零，世界人民抗疫成功，不再有確診和死亡，我們國家和香港特區同胞平安、我的所有家人包括自己平安健康，所有文字哪怕一把火焚燒，都不足為惜。

二零二零年的大瘟疫，比二零零三年的沙士災情更重、病毒更毒、蔓延得更快更廣，時間更長。我們的恐懼和教訓恐怕也更深，學到的東西也更多。原來，在大災難面前，人是那樣渺小和微不足道，儘管歷史上的瘟疫最後都成了頁面上的記載文字，但唯有這一次我們似乎感受到了那文字後面冰冷的軀體；雖然抗疫到了一定時間一定會成功，但那付出的巨大代價，以億記錄確診，用百萬記錄死亡，無法不悲痛和心驚。

二零二零年，是充滿哭笑悲喜的一年。一介書生，沒有敷雞之力，無法宰牛殺羊犒勞第一線的抗疫醫護；不開餐廳，無法派送免費餐給孤單無依的紙皮婆婆們；雖嗜好咖啡，但沒開咖啡館，無法學那位伊朗老闆亞曼，奉上免費咖啡給堅持工作的上班族……從前，我們的小出版社以「獲智趣，益身心」為宗旨，出好書造福青少年一代，而今，我只能花較多時間敲敲鍵，寫寫疫情故事，發點微熱，暖暖讀者的心。

整整一年餘，我與我小說裡的小人物（甚至動物）同哭笑，渡過無數難忘的日子。他（她）們像一條長廊裡兩邊對我微笑的人物，時不時從現實生活中走進我的夢，還有不少一個個敲敲我家門，走進我們屋裡，環立在我書房周圍，希望我抽空寫一寫他們一年來的遭遇和故事；當然，維納斯女神也給我一雙千里眼和一對翅膀，邀請我飛出去，俯瞰芸芸眾生；

還有一群小孩子，圍坐在我跟前小凳上伯伯、伯伯地叫，希望我也寫寫適合他們看的疫情文章……

還有什麼比第一線醫護人員更令人欽佩？那對新婚的醫生夫婦本來想度蜜月，因為疫情需要加班，推遲了航班，互以「情深何須見朝暮」勉慰對方；一對母女寫下生日心願，除了文字次序，竟然完全相同，都希望病人早日康復；夫妻中一人即將馳援疫情災區，昔日所有小摩擦全都沒有了，盼對方早日凱旋歸來，咫尺不再天涯！還有，只要在島城小住過，都會知道她——盡責的疫情報告者，撐著傘風來雨去，兩百多天準時到場，坐成了一尊雕像；電視上那位原意大利女護士路絲雅驚鴻一瞥，又讓我們憶起威尼斯醫院的邂逅……

唉，在疫情中，最堪憐的還是弱勢族群：樓下餐廳打散工的巴基斯坦婦人，還需要天天送外賣；她們工作都屬高危，我們多了口罩，分點給她們，無疑雪中送炭，不是嗎？

疫情期間，感人的人事何其多：撿拾紙皮的婆婆依然自食其力，不願意領取太多免費飯；一對婚事近的男女為了支持抗疫，將佳期一退再退，真是好事多磨；一個大老闆忽然開竅了，嘗到親力親為送口罩的快樂，不再感到日子無聊；你又是否認識疫情前那位原被譏為潔癖的婦人？疫情期忽然一夜之間被熱捧，成為鬼見愁的病毒殺手？口罩搶購潮中的悲喜劇印象最深的，有瘋狂的廁紙女王，也有慷慨的口罩女王……，如果覺得不夠搞笑，那位馱三千個口罩的先生和太太最後將口罩分派給大家才心安，也是疫境中的趣事之一吧。

病毒沒長眼睛，人間悲情每天都在發生。最悲痛的無非是夫婦的死別生離。我們慶幸那位深情的丈夫在春暖花開的日子，終於等到了平安出院的老伴；可歎，天天在養老院外等老伴病好的先生，夫婦還是一先一後走了；疫境中，陌生的他和她患難見真情，相扶取暖，決定走完餘生；還健在、宅在屋的老夫婦們有福了，你幫我洗頭，我助你染髮；金牌宅家男家務做得出色，獲得了金牌；烏龍出門的失憶丈夫不需要擔心，另一半總在最需要的時候在老地方等他。

封城令許多母子如同隔世；新冠讓母親每天都夢見排隊到天堂戲院報到，焦急等她回來的老兒子與她最後再見相融，喜極而泣。幸虧，這次病毒，相對于大人，兒童被活生生吞噬的不多。我有時也仿佛回到了童年一樣，幻想有一天，小天使們來到了人間，採集鮮花和陽光，醫好和解救了大量染病者；在最需要的時候，孩子們都打破了撲滿，買下大量口罩，捐獻給更多的孩子們；我還看到一些國家動物園因為乏人參觀，動物跡近餓死，孩子們通宵發起遊行，呼籲救救動物的呼聲；有天，我逛商場，發現連狗貓戴起口罩的公仔也奉獻自己的力量，購買者購買都算做了善事。那時刻，我敲鍵都會自己笑！我好像又回到課堂了，寫出了《九霄驚魂記》，還看圖作文，寫出《窗口小女生》和《那年新冠賽事》……

二零二零年，我知道，是愛將我們人與人聯繫在一起，這個世界才可能運轉。

近乎兩年的時間內，我與我小說的人物在疫情中嘗遍酸甜苦辣，共患難、同哭笑，愛將我們人類結成共同體，歲月和文字會銘記我們的共同記憶。

充滿悲傷眼淚的二零二零年即將過去，迎來新的一年、兩年。

讓疫情清零，佳音訊傳，我們相信會有那一天，那時，我們必然會喜極而泣。

本集原選七十四篇反映描述疫情的小小說，因為頁碼超過預計，編定時只好抽出十一篇割愛，容以後再收進其他集子中。也由於頁碼過厚，文友們的評論無法載錄，萬分抱歉。

二〇二一年十二月初稿
二〇二二年一月修訂

目錄

東瑞

輪環

令人憂喜參半的日子即將到來。明晚為我腹中胎兒的預產期。自懷了孕後隨之而來的嗜食症，令我不安。半年多來我總感到饑餓難忍，吞下了在以前於我來說完全不可思議的食物。與其說是食物，不如說是動物吧。

雞肉鴨肉豬肉牛肉魚肉，舉凡一般人愛吃的雙腳四腳家禽，已遠遠不能滿足我的食欲。我老是餓、餓，餓得難耐，像是一個永遠填也填不滿的坑……；我的食欲奇好，除了那些沒有生命的如椅子桌子沙發音響之類，舉凡能跳能叫，有著血肉之軀的，六腳八腳無數腳的動物，我見之口水都大流，產生吞下牠們的強烈欲望。這個城市什麼都有賣，什麼動物都有人吃。我欲吃青蛙，便有人每天早上特地供應，聽說牠很滋補、清血哩。我欲吃蛇，下樓對街有鋪子大量出售。人家將蛇血連膽生生一飲而下，我也講究起原汁原味，一條條小蛇完整地放入蒸鍋清蒸，有幾次還就這麼活活生吞哩。捕蟲好手我最愛光顧。到了我肚子越來越大的最末數月，吃那些一般的蛇蛙已不能滿足我的需要。那捕蟲小販便按我要求，提供各類美味的昆蟲了。最初只象法國人那樣提供毛蟲、螞蟻、蜜蜂（先煮後加巧克力糖漿），後來還吃了甲蟲、炸蜢（烤烘十分美味），再來就是蟋蟀了。蟋蟀味象磨菇，蠟蟲味有如果仁。蟻是生吃的。我不知道腹中胚胎喜歡不喜歡這些食物，照說一定滿意的吧。它們都新鮮而美味呢！因為吃出癮來，烹調的功夫也到了火候，經驗已特別豐富，我還應出版商之約，編寫了一本昆蟲食譜，十分暢銷。我成了一個將西方食的文化介紹到唐人社會的女性。

可是令我憂慮的事終於還是來了。也許不少是生吞的關係，每吃下一種昆蟲，不久腹部就會發出該種昆蟲的聲音。蜜蜂的嗡嗡，蟋蟀的嚶嚶，還有其它的……夜晚，我的肚子像是演奏廳，奏響著大型的昆蟲交響樂。最令我恐怖的是生吞蚯蚓，我感到牠們完全沒死，午夜牠們就在我肚內翻滾蠕動，彷佛一條條爬了上來，爬到我喉、口，令我癢癢的，我終於嘔了，嘔出一條條活生生的蚯蚓。而吃螢火蟲那晚，整夜房裡就不用開燈，房內亮如白晝，原來牠們因數量多，在我肚腹發出了火芒，一閃閃的。我吃了不知名的怪魚，覺得牠在我肚裡遊動……終於躺在產床了。醫生檢查了一遍，吃了一驚，對我說：「妳肚裡哪有什麼胎兒呢？全是昆蟲和小動物呀……」啊？胎兒莫不是讓牠們吃掉了？我渾身起了一陣寒戰。

愛在瘟疫蔓延時

愁雲慘霧的小城，為防疫而被口罩短缺折騰了幾天，依然四處排長龍，口罩一上架就被搶光了。有人預測，在瘟疫魔鬼猛烈來襲的危急時刻，一定會有嚴令下達，沒戴口罩不准亂出門了。

王家八十歲的爺爺，儘管多次婉辭兒女孫輩的好意，兒孫們還是決定為他在酒樓搞八十大壽小慶。那麼不巧，遇到瘟疫肆虐？

大哥彙報說，原來訂三桌，我們一桌，還有兩桌請朋友。昨天按老爸的意思去退訂，酒樓經理苦苦哀求，是否可以保留自家的一桌？

老爸點點頭，這家酒樓也夠慘，既然這樣，那就照舊舉行吧！大家都小心點。人數剛剛好嗎？

阿妹說，剛剛好十二個人，但我們只有十個口罩。我和老公就免了。姐姐（女傭）是照顧一對小兄妹的，需要一個口罩。

大哥說，不好啦。我們沒子女，我和你阿嫂讓出口罩給你們戴，你們一個都不能少喔！老王是老爸以前玩具公司的老臣子，為開拓公司業務立下汗馬功勞，也應該戴一個口罩。

不行不行！阿妹堅持她和丈夫要讓出。大哥阿嫂認為自己是王氏小家族的長子大嫂，應該尊老護小，明晚他們將全身包得密密的不會有問題。

兄妹倆幾番爭執，沒有結果，老爸一聲令下，說再在手機微信裡商量決定。老媽笑起來，說也許發展下去，瘟疫會大蔓延，但現在還沒到那生死攸關，就不信我們一家那樣常做好事的良民家庭會有誰犧牲。最重要的是小孫子小孫女。最好我不必戴，我沒什麼文化，最沒用。

阿哥說，媽，妳怎麼那樣說！

阿妹說，媽，我們大家庭沒有您還行嗎？一向連老爸都聽妳的。雖然我和阿哥都各自成了家，但遇到重要問題，也都是您出手幫忙，終於解決問題，沒有你做領軍人物，三個小家庭不可能幸福地走到今天。

老爸說，對，你們都說得好，沒有你們的阿媽，有你們的一切嗎？你們先回去，我們晚上再用手機微信商量。

晚上吃過飯，做完家務後，「王氏」群組出現老爸一行字：

大家不必再爭論了，老爸和大哥私下商量好了，我們父子倆不必戴，我們倆都是大男人，應該照顧婦孺弱小。

沒有人再敢出聲。

私下裡，大家都各有私聊聯絡。

大哥和阿妹以及各自的另一半共四人也有一個群組，讀到老爸的意見，只在四人小組內商量：

阿妹寫，哥，你怎麼同意老爸和你不戴口罩？

大哥回復，我沒同意，我是跟老爸說，我和妳不用戴。他很生氣，反問我說，萬一有什麼三長兩短，是不是要他白頭人送黑頭人？他說，家裡只有我們兩個大男人，我陪你，十個口罩其他十個人就剛剛好了。我怕跟老爸搞僵，打住。

阿妹寫，唉！那不好！我跟家裡姐姐（印尼女傭）說了，遇到十二個人出街而口罩只有十個的難題，問她有什麼高見？她說也許她來自亞熱帶，免疫力比較強，印尼好像還沒有人患病。她可以不必戴的，她不怕。我說，不是單純怕不怕的問題，不戴口罩，不少人會害怕，有如見到瘟神。姐姐說，聽你們說，明晚還請一個姓王的退休老同事？他是外人，應該不必分派給他？她不知道剛才他來取口罩了。何況老爸一向為人懂得感恩，不會不顧別人。唉，那怎麼辦啊？

大哥沒有再發表什麼，只是說，明天再看有什麼變化吧！

……

第二天傍晚，大家群聚在老爸家裡，準備一起搭的士出發。當小妹也派發一個口罩給老爸時，他冷著面孔，有點生氣，你們不要固執了！老爸今年已經活到八十歲，完全已經夠本，沒有什麼遺憾了！

阿妹說，這是您外孫小兄妹的意思，他們說他們不需要，他們的口罩解決了！

這時，七歲的小橋和五歲的小金從外面蹦蹦跳跳跑進來，兩人頭上套了好大的玩具太空防菌玻璃罩，一起立正，齊聲大叫：

向公公致敬！公公年紀大了，容易染病，一定要戴口罩！

向公公致敬！公公年紀大了，容易染病，一定要戴口罩！

送外賣的巴族婦

為了封關，外面吵吵鬧鬧、熙熙攘攘一片，舉牌罷工的、排長龍買口罩的、超市搶購草紙的、大米的、快速面的、……謠言滿天飛，人心惶惶。

唯獨鄭家夫婦，以不變應萬變，守著大本營。

公婆倆中午肩並肩坐在客廳的沙發上，看著電視報告員一幕一驚心的疫情進展報告，那不斷上升的確診病例數字，令老公受不了，老婆只好用遙控器按停了。

我們成了宅公宅婆，不出門，可節省口罩，也就不必搶口罩，對抗疫也算是偉大貢獻了，老公說。

老婆說，我們大米還有半包、一小包、麥片有兩小包、快速麵七盒，餅乾五盒、雞蛋二十五粒、番茄、黃瓜、冰凍魚、蒸餃、大洋蔥、韭菜……足足可以吃一個月，我們可以一個月不到超市，也為穩定市場做出傑出貢獻了。

對了，草紙呢？老公自言自語道，我知道，我知道，已經買過兩排，用了一些，差不多還有二十卷，夠用了。那我們不買了，也為市面草紙的充足供應做出一次微薄的貢獻吧！

小舅從南洋寄了怎樣的口罩來？老公問；老婆說，你拆開吧。

老公開始拆那個今早郵差送來的、裝了四盒口罩的包裹，此時，叮噹一聲門鈴響。

老婆開門，是送外賣的。多日了，公婆倆因為宅在家整理淩亂的書房和主人房的洗手間，累得無法再煮食，就叫了外賣。

照例是那位經常給他們公婆倆送外賣的異族——巴基斯坦中年婦。此刻，她下半張臉戴著一個淺青色的大口罩，只露出烏黑的大眼仁滴溜溜轉的一雙眼睛。老婆將錢鈔遞給她，外加一個五元輔幣當小費，她看到小費佔了飯餸的十分之一那麼大，客氣地說不必。老婆硬硬塞到她手心。

拿！這一陣子都說少出門，人與人不要接觸，可能嗎？不到菜市買菜，不到超市買東西，不到餐廳吃飯，那麼只好打電話叫外賣了。還不是要靠你們送飯？

老婆感激地望著眼前這位做了多年送外賣的異族婦。

人與人完全隔離？哪裡可能？老婆繼續說，說隔離就是戰爭，就是勝利，說說容易，那裡容易辦到？

巴基斯坦婦女點點頭，是的，醫院裡的醫護人員、超市里的售貨員、我們餐廳送外賣的，都是高危一族，隨時被瘟疫傳染。我們一家一家地送外賣，也不知道哪一家有疑似病例？現在一罩難求，咦？你們剛剛收到朋友寄的口罩啊？

她此刻在門外，忽然看到在客廳拆開包裝、在檢查口罩數目的老公。

親戚寄的，還沒等老婆說完，送外賣婦人又丟下一句話，口罩好好珍惜，現在比收藏黃金更珍貴了！留得性命在，不怕沒柴燒！

說完，她就朝電梯那裡走去，準備下樓了。

老婆望著她的背影漸漸遠去，將住宅鐵門慢慢拉上，癡癡地看著客廳老公在收好那些口罩，心理若有所失。四十個口罩，他們公婆倆兩天出一次門，一個口罩用兩次的話，那假如以三天用一個計，就可以用一百二十天，就是四個月了！就不相信四個月時間戰不勝新冠肺炎魔鬼！我們何必那麼自私，連一個口罩都不送給送外賣的巴基斯坦婦人呢？她是最需要用口罩的人。她的外賣職業是多麼重要，沒有她送外賣，餐廳必然人頭湧湧，人傳人的機會最大！可見，她就是隔離戰爭的女英雄！自己沒有武器在身怎麼行？

老公！老婆子大喊一聲，怒道，你怎麼不提醒我！

怎麼？

你沒聽到剛才送外賣的，說了一句現在口罩比黃金更貴？她一定很需要，可是不好意思跟我們要！給我五個，我要送她！老公說，好，送她！是她幫我們打贏隔離的戰爭！她送外賣，我們送口罩。

老婆拿著包好的五個口罩，沖出門，追上就要進電梯的外賣婦，大叫，大姐！送你口罩！外賣婦鬆手放電梯下去了，接過老婆的口罩，想以擁抱謝謝激動得也想擁抱她的老婆子，但終於忍住，兩人也不敢握手，距離約一米半遠地僵立著，久久、久久地望著彼此濕潤的眼睛。

情深何須見朝暮

她和他今天突然接到上司的電話，希望他們放棄或延後他們的曼谷蜜月假期，新婚幾天的小倆口一齊都楞了。怎麼辦？

能馬上回醫院補缺嗎？

余總仍在著急地懇求：瘟疫魔鬼的腳步已經悄悄逼近，一批人藉故不上班。準備動手術的重症病人和初生嬰兒溫箱室部門都嚴重缺乏醫護人手……

余總，都明白！不必多說了！她說，我們明天一早就回醫院！蜜月什麼時候都可以補，但病人的生命只有一次，我們服從您的調度。

好！疫情開始爆發了，飛機票、酒店那裡如果延期或取消，需補手續費或由此造成你們的損失，由我們機構賠償。

她爽快地說OK，余總說，妳的帥哥呢？破壞了你們的大好蜜月，他會同意嗎？她說，老闆！帥哥聽我的，我同意，他一定照辦。

疫情蔓延，大街小巷空寂冷清，猶如戰時的戒嚴。

他臨時被調派到巡查和負責重症病房，為病人寫報告，工作比平時多了三倍，肩上重擔令他有點不堪負荷；她是護士，從婦科被調派到嬰兒室部門。從前至少有九個護士輪值三班，現在五個請了「特別假」，剩下四人，編改成兩班，她需要照顧二十幾個放在溫箱的嬰孩，也忙得團團轉。

由於新巢太遠，又要加班加點，工作太累，回家來回乘車太花時間，他倆按醫院安排，住在醫生臨時宿舍。這家醫院沒有夫妻房間。

如果有私家車就好了，可惜他們剛剛當醫生一年。

大批醫護請假，堅持崗位的，從三班倒變成兩班當值，超時工作四小時。

她長夜班，晚上九點上班到次晨九點下班。

他長日班，上午九點上班到晚上九點下班。

她和他好想在附近的小酒店租一間小小的客房，續渡沒有曼谷風景的蜜月，可是這樣陰差陽錯的當值時間表，縱然租到了酒店，無論是她還是他，不都是要獨守空房嗎？

他們每天都要經過新建的東翼六樓那長長的走廊，她晚上上班時他下班；她清晨下班時他上班。每天僅有兩次的見面機會，就在那擦身而過的長廊。

那條長廊，人來人往，哪怕戴上了口罩，他熟悉了她那一騰一騰如松鼠尾巴跳躍的髮型、看慣了她鵝蛋形的、兩頰有醉人酒窩的臉孔，能遠遠地從密集的人流和節奏快速的腳步中認出她；他每次都故意將腳步放得緩慢，想多看她一眼，多說幾句話兒；她發出會心的微笑，哪怕是戴著口罩，他也能從一對美麗的眼睛感覺出那對他的愛回應而露出的笑意。每次近了，近了，他就會穿過來往密集的人流，斜斜地、蜿蜒遊過，如水中游魚般歡快地發現前方碧綠搖曳的水草，然後隔著口罩，說幾句親密的話。

好困，她說，回到宿舍，真想馬上躺下去，什麼都不要想。

連我也不想啊？他說，我每次巡房完畢，總是好像看到妳向我走來，沉浸在我們新婚的那兩天，興奮的心情久久無法抽離。回宿舍躺著就想妳。唉！

我們要堅持住，她鼓勵他。

對，我們要堅持住，他回應，他好想將新婚妻子緊緊擁入懷，但眾目睽睽，只能用深情的四隻眼睛對視，無聲裡，傳遞出了彼此都聽見的千言萬語。

我們不要忘記入行的初心。她說。

對，我們不要辜負南丁格爾的教誨，他也說。

匆匆相見，又匆匆轉身，她下班，他上班。

他們每天都那樣見兩次面。

他和她都想到了一處，兩情若是久長時，又豈在朝朝暮暮？

第七天，她上夜班的時候，遠遠地她已經看到戴口罩的他了，那興奮的樣子，也完全可以從遮去下半張臉的上半部分，尤其那深情的眼睛感覺得到。她很慶幸接受了對她如此癡情的男子的愛，還嫁給了他，她很相信，萬一有一天她有什麼病痛，這個男子就是最後服侍照顧她的人……近了，近了，見到他又穿過了來往密集的人流，斜斜地、蜿蜒如水中游魚般歡快地發現碧綠搖曳的水草，然後隔著口罩，對她說這最新的訊息，余總說，那些「請假」的人估計明天都陸續回來了，我們的曼谷蜜月假期可以重新確定日期了。

她說，疫情未除，我不忍離開崗位，你說呢？

他只是猶豫了幾分鐘，點點頭，好！贊成！我們就等著這一次戰勝疫情，才去吧。

小姐弟倆的撲滿

電視畫面出現好幾條大馬路，空寂無一人。好幾個城市都如此。

爸爸，這是哪裡呀？十歲的小姐姐小惠望著電視畫面問。

下午時分的店鋪，來買雜貨的人很多，爸爸正和印族女店員忙著應付幾個顧客，沒空解答小女兒的疑惑。六歲的小弟弟放學後，做完作業，也擠在鋪子一角看店裡高處的電視。

電視畫面一轉，一些店鋪前出現許多人戴口罩排長龍買口罩的場面。

這又是在哪裡？爸爸，爸爸，六歲的小弟弟小浩問，為什麼現在人人都戴着口罩？

爸爸依然忙得不可開交，這時媽媽從外面一腳跨入，看到店內的情景，說，喂！你們別吵爸爸了，爸爸在忙！你們有什麼問題？姐弟又重複說了一次，媽媽笑著回答：街上空蕩蕩的，馬路沒人，因為城市生病了，人人呆在家裡。

小浩問，城市也會生病嗎？

媽媽說，是有很多人生病了，怕會傳染，就躲在家裡不出門，因此大街上都沒人了。

小惠又問，那麼安靜的、沒有人的城市在那裡呀？

媽媽說，武漢。說了你們也不知道在哪裡吧。這個，也沒人了，是在香港。知道吧？香港，去年一月，我們才帶過你們去一次。還記得海洋公園嗎？

姐弟倆點點頭。又問，那麼多人在幹什麼呢？

媽媽回答，他們在排隊買口罩。對了。你們的舅舅在香港，媽媽剛剛給他們寄去十盒，可以分給香港所有的親戚了。

這時，爸爸的事忙完了，店鋪沒人，看到小孩媽回來了，問，給香港親戚的口罩寄了嗎？媽媽說，寄了。今天買口罩的人很多，附近幾家藥房都沒有了。買到的，回到家裡，打包後，又到郵局排隊寄。

聽說武漢和湖北非常缺？爸爸問；媽媽說，是的，剛才我到XX公會和XX總部，看到那裡都堆滿了口罩和其他用品，準備集中寄往武漢！現在還在募集中！我們是否也捐獻一些？

爸爸說，好啊！我戒煙好幾年了，上次說要捐給最需要的地方，終於等到今天，這才有意義；你節省的私房錢，不也說過要在最需要的時候捐出嗎？

小惠聽到，媽媽，我五年省起來的零用錢也不少了，我也要捐！

小浩聽到姐姐要捐，也跟著嚷，爸爸，媽媽，我也要捐，我每年新年都儲蓄了不少錢。

爸爸、媽媽沒想到小小年紀的姐弟倆也會受影響，暗自發出會心的微笑。

媽媽想考考他們。

你們說說，你們要捐什麼？

口罩！小姐弟倆異口同聲。

知道口罩為什麼重要？

小浩大聲說，可以救命！

爸爸媽媽大笑，小惠說呢？

戴口罩，可以不生病，也不會傳病給別人。

哈哈，都很聰明！爸爸說，回家後把你們撲滿的錢倒出來吧。

小惠的撲滿是一隻陶瓷肥豬，小浩的撲滿是一隻陶瓷大象。自他們出生起，媽媽就將他們的壓歲錢和親友給的利市塞進，懂事後改為他們自己儲蓄，拿出來買玩具、買圖書的花費很少，圖書大部分都是爺爺買的，玩具來自親友。

撲滿必須擊碎，才可以取出裡面的錢。姐弟倆珍惜撲滿，比愛那些錢更甚。爸媽答應再給他們買新撲滿，就是無法買到那種舊款式的了。

兩個撲滿擊破，錢像水瀉滿一地，有輔幣，有各種面額的紙鈔，有不少面額很大。爸爸讓他們數，爸爸媽媽又數了一次。

下午，爸爸媽媽出動之外，家裡的印尼女傭也出動，才知道S城也到處在排隊買口罩，有寄到香港的，更多的是寄到大陸武漢和其他城市的。一個小時後爸媽空手回來，女傭也只買到五盒。小惠和小浩比大人還沮喪。

你們別急，爸爸有朋友可以幫忙。

爸爸打電話後，約一個小時後，接到了好消息。爸爸說，買到的口罩都集中在ＸＸ公會了。秘書聽說你們的心意了，要為你們拍照，我帶你們去，快！

他們捐獻口罩的清單如下：

爸爸戒煙省的錢，購捐口罩五萬個。媽媽私房錢，購捐口罩三萬個。

小惠撲滿儲蓄，購捐口罩一萬個。小浩撲滿儲蓄，購捐口罩五千個。

傍晚，小姐弟倆在幾十箱口罩前拍照，臉露笑容，非常開心。消息很快傳開了。

廁紙女王

瘟疫肆虐，謠言四起，人心惶惶。

有人大叫「封關」的同時，帶頭掃貨，先向廁紙下手。他們危言聳聽，封關後將什麼都缺。最重要的當然是吃，而排泄用物當然也很重要；沒廁紙用，那還了得？男男女女赤條條的、臀部髒兮兮地滿街亂跑，還不成了瘋狂末世？

這一天，林太太還在睡夢中，就被好友阿映的電話所驚醒：

喂！還在睡懶覺？外面在搶廁紙，搶得快打破頭了！家家超市、藥店都裡三圈，外三圈，排起了長龍！快，我們一道去排！

不了！阿映。只要剩下一粒米，我們都不要去排；只要剩下一卷紙，我們也不要去爭。這樣只會增加市場緊張，破壞社會穩定，對抗疫無益。

林太還未說完，阿映已經掛斷電話；林太暗念道，阿映啊，一有什麼風吹草動就變成師奶了，什麼都不甘後人哩。

老公林先生這時探頭入房看老婆醒了沒有？看到她在刷手機，便喊道，早餐都冷了……

林太一骨碌爬起，第一件事就是開電視，第一畫面竟然就是一家藥店前市民排隊買廁紙。她狠狠罵道，哇！不知誰造的謠，搶口罩之外，還搶廁紙？！

林先生說，疫情大敵當前，都說要宅在家，這樣地人群集中，不死在沒有草紙，倒先死在飛沫中！

林太決定要勸勸阿映不要去排了，還是先宅在家，再慢慢想辦法吧！

阿映沒接她的電話，林太估計她正在緊張搶購中，沒聽到。一會，阿映打回來了，說，剛才我在付款，買了五排，現在先回家，再趕去附近的超市買。

林太想說幾句勸告的話沒等開口，阿映又匆匆掛了線。

林先生聽老婆的抱怨，也大有同感，罵道，不出門，不排隊，就是對社會、對抗疫的貢獻了，我們還是做有貢獻的人士吧！

我們家的草紙剩下多少？林太問。

半卷。

啊？用光了？剩下半卷？

嗯。那怎麼辦？

林太說，你不是說我們平時對社會沒有什麼貢獻嗎？現在是時候了。我們可以用水！家裡洗手間就有噴水器，可以方便後噴射沖洗。這對穩定市場，專心對付疫情，沒有功勞，也有苦勞。

哈哈，好啊！不過有不少人家的洗手間沒有這種設備，那又如何？

用水和手配合啊。林太是華僑，知道老公沒有在南洋生活過，不知道印尼友族的生活習慣裡左右手各有妙用、各司其職的故事，她如此這般地詳細介紹一番。

林先生大呼：高。

林太說，我現在的庫存想釋放了，一會示範給你看。

林太如廁，噴水器對準臀部一輪噴射，畢竟幾十年來改用紙了，一時不習慣，濺得一個大臀都是水花。在南洋時都是帶著紙巾抹抹，猛然想起草紙只剩半卷，急中生智，大喊，老公，快！拿吹風筒！

林先生快速取，快速跑來，已經看到洗手間的老婆面壁轉身，彎腰翹著一個圓臀對著他，他嚇了一跳，林太見他沒動靜，罵道，快，屁股都快受涼感冒了，你就用吹風筒吹乾被水濺濕的地方！

斯斯斯……斯斯斯……吹風筒吹乾老婆屁股，大功告成，林先生很得意。

晚上，林太說，我們到阿映家看看，不知她廁紙買得怎麼樣了。

阿映家在同一屋邨，他們電梯剛剛到達啊映住的那一層，就聽到阿映從她屋裡傳出淒厲的救命呼叫。他們在外大力拍門，問她怎麼啦，她說快叫樓下護衛來開門。護衛帶了螺絲批和榔頭等物，武力開門入屋。哇！但見客廳空蕩蕩的，阿映的聲音從房間裡傳出來，他們終於在一間小雜物房裡，發現阿映被埋在如山高的廁紙堆下拚命掙扎，剩下一個頭在上面，啊，那塌下來的廁紙至少都有五六千多卷吧？阿映累得滿頭大汗，樓下護衛搖搖頭，罵道，妳搶購，活該！轉頭就走；林先生哈哈哈笑得假牙差點飛脫；只有林太撥開廁紙，用力拉阿映起來，笑她：

我老公用吹風筒吹乾我的臀部；只有一個屁股，妳的廁紙多到妳可在廁紙海裡游泳，差點溺死！

破壞偉大的抗疫戰爭！老林說，快做慈善，免費派送給整座大廈的住客吧！

引爆

清晨八時，我和烏斯曼在警局當值，接到一個緊急電話，對方說在城東叔伯街九十八號他們商行「漢檳公司」門口發現可疑的四箱密封的東西，害得他們全公司共五個員工不敢上班。

好！我馬上來！東西不要移動！有可能是危險品！

好！

你是誰？

我是這公司的老闆，姓莫。

我本想多問幾句，但感覺非常時期，謠言四起，異象特多，百問不如一見，還是趕緊去解決問題比較重要。我將值班細節交代給烏斯曼後，便帶著機械人拆彈專家A1號上車，並和我的助手阿萬駕車直奔城東叔伯街。熱帶的大城小鎮都醒得早，經過巴剎時，那裡早就人聲鼎沸；看到街道一邊的壁畫很快掠過，不禁想念起和阿琳拍拖的日子……好快，遠遠就看到了叔伯街漢濱公司緊閉的鐵閘，外面擺著四個大紙箱，將鐵閘的下方擋住。

我將車泊住，看到距漢檳公司約莫五六十米遠處已圍滿了大量看熱鬧的市民。

我走出駕駛座；阿萬將在後座的機械人搬下來。它一下來，就朝我和阿萬各一鞠躬，就往店鋪迅速走去，那探測器上的燈一閃一閃的，在第一箱紙箱跟前停一下，又在第二箱周圍繞圈，如是者好一段時間……圍觀的市民此刻都屏心靜氣，看來他們與我一樣捏了一把冷汗吧？在我當警員的過往經歷中，只有一次引爆的經驗，但那種土辦法，還傷過自己。我們在電視畫面看過眼前這種「拆彈專家」機械人，在香港街道運用過，成功引爆，於是也從外國訂購了三部，這是第一次使用。因此，我也忐忑不安，生怕無功折回。

吳老闆看到了我們的警車，快步跑來，他，六十來歲模樣，微胖，面目慈祥。

你是這家公司的老闆？

是的。

平時做什麼生意？

五金之類。

出口？

我們和內地武漢、溫州、順德都有生意來往。主要每年從他們那裡採購，大約幾個貨櫃，然後在我們城和周圍一些小鎮批發和零售。

哦，這樣啊。平時有跟什麼人結仇嗎？

沒有啊。

仔細想想，才回答我。比如，有沒有欠了誰的債沒還？

啊，實在沒有啊。

這就很奇怪了！為了安全起見，我們只好引爆其中一個，那就基本上可以知道是什麼東西了。不是危險品，怎麼擺出這嚇人的陣勢？

我和阿萬如此這般，做出了決定。他將遙控器抓在手裡。我用揚聲器大聲廣播，請大家再後退三十米，以免爆炸力太大時受傷。

機械人已經走到其中一箱紙箱面前，繞了幾次圈子，然後嘖嘖叫，伸出手臂，在繫住的電線某一部分有所動作，又迅速開動到一定的距離。

最緊張的時刻到來。觀看的市民鴉雀無聲，目光都聚焦在那即將被引爆的箱子。

呼嗙一陣轟天巨響，隨著一陣火光，從紙箱爆飛出白色、青色的千萬隻口罩，有的隨著晨風飄飛到天際，像是斷線的風箏，有的在天空中飄呀飄呀，慢慢地搖搖擺擺地飄落到地上……觀看的市民都驚呆住了：這是怎麼回事呀？

就在我和阿萬、吳老闆也感到大惑不解的時候，但見有一男一女好似夫婦的華人不知從哪裡出現，以一百米衝刺的速度跑來，一邊大喊，你們不要炸了！不要炸了！再炸我們的心血就完了！夫妻倆喘著大氣在他們跟前停下，焦急地問，哪一位是漢檳公司的老闆？

我是，吳先生說，三個紙箱是你們的嗎？為什麼放在那裡？

是我們的，那位先生說，四個紙箱都裝了口罩，我們好不容易四處收購來的，共有兩萬個。我們昨天忙了一整天，想到郵局寄，可是排好長的隊伍，排了半天都輪不到，又跑了幾個社團，不是時間截止了，就是寄走了。在走投無路的情況下，突然想到這叔伯路有家公司是和武漢、湖北做生意的，又擔心當面求情，你不同意，只好偷偷在昨晚放在你公司門口，想到你必知道是口罩，會熱心幫我們寄，事後我們會將運費還給你……沒想到令你們虛驚一場！不好意思。

原來如此！吳老闆笑道說，好吧！今天下午就寄！炸毀的，我們賠償，運費也不收你們的了！大家一起為武漢和湖北出點力吧！

隔世

小偉不知道六小時後，會有那樣一個如同晴天霹靂的消息，六小時後，一切都改觀了。六小時前，小偉剛剛發微信告訴媽媽，決定在明天大除夕一早開車回家，這樣就來得及在大除夕晚上和媽媽及其他家人一起吃團年飯。

他在午夜十二時與城外H小鎮的母親通微信，告訴母親決定回家，心緒萬分興奮。有多少年了，沒有和家人團圓？每次春假，他總是計劃多多，每一次都強調「兩人世界」，希望給他和女朋友小雲多一點空間。春暖花開的季節，他們緊籌密謀，攜手結伴，不是到西安看兵馬俑、遊驪山，就是北上游長城做好漢；不是到江南水鄉領略小橋流水風情，就是到山東，攀爬泰山看日出……去年底，他們到了雲南麗江。平時週末周日，寧願拍拖看電影、到海邊游泳；樂不思家。兩人預支蜜月，乾柴烈火，一起睡到日曬屁股。

他將回鄉探望母親的事一年年往後推，「反正媽媽還年輕，也還那麼健康」，我們不乘青春時期珍惜時光，青春的小鳥一去不復返……一直到近期讀幾本世界名著，才意識到世界上的事很難説的，比如《魂斷威尼斯》裡的音樂家，到威尼斯度假，癡迷於一位美少年，不顧瘟疫在該地的威脅，不肯離開，最後死於威尼斯。前晚，他和小雲看了一出電影，訴説的是沙士（SARS）肆虐的二零零三年，一對情侶見面經常為一點小事爭吵，從來不珍惜見面的寶貴時光，一直到女友患上「非典」，被隔離一直到病重逝世，男主角痛哭流涕，才意識到相逢、見面非必然，在一起的時光多麼珍貴！電影看得他和小雲淚流滿面。

那晚，他和小雲徹夜睡不著。

小雲説，我爸媽早就不在了，你媽就是我們最親的長輩了。

小偉説，嗯，工作後我已經五年沒回去，説來也很不孝！這次我們一道回家。

小雲説，好啊。媽媽一定樂壞了！

小偉媽媽真是樂壞了！

偉兒，媽媽盼了你五年了！每一次都空歡喜！媽媽準備了好多好多的菜，有你最喜歡的香菇鮑魚雞肉丸、梅菜蒸肉餅、豆腐釀碎肉……

哇！媽，我口水流得三尺長了……恨不得現在馬上長翅膀飛回家。

媽，小偉又說，好幾年春節沒回家了，我和小雲決定明天早點——大約八時吧——開車，兩個小時的車程不算遠，大約中午前就可以到家了！

好的，全家都很高興啊。哥姐們也都回來了，剩下你最遲。媽媽壓抑不住開心和感慨，確實好幾年沒見到偉兒了。她知道小兒子忙，可是更知道他和雲兒熱戀中，大概有一點有了女朋友忘了娘的味道吧！唉，年輕人嘛，也可以理解的吧。小偉他媽想到這裡，眼眶一熱，眼淚就簌簌滾出來往下滴了，忍都忍不住。看看牆上的鐘，是午夜十二點了！再過七八個鐘頭，偉兒就回來了。小偉他媽被一陣陣喜悅感襲擊著，手上的活兒做得越起勁了。一隻隻香菇在溫水裡泡得鼓鼓的非常飽滿。那是偉兒最喜歡的佳餚。

早晨八點鐘，小偉和小雲上了車，往老家方向開車。開了約半小時，在城和小鎮的交界處，五六個交警不讓他的車通過。

喂，帥哥！封關了，你不知道？

啊？什麼時候？

昨晚淩晨一點就通過電視廣播了。新冠肺炎爆發了，為了不擴散，上面決定封關隔離。你們不準出關！

一個交警說完，另一個交警拉來一個豎立的木牌子，讓他仔細看。小偉一字一字地讀，才知道昨晚午夜一點開始，除了手持特許證，誰都不給放行。

小偉求情，說五年了，沒見母親，已經跟家裡說好回家過年，通融一下，好說歹說，還是沒人情講，只好折回，他開車繞了幾條路看其他關口，一律封關了，心情大為沮喪。

在電話裡告訴母親，母親驚愕、失望得說不出話。他也歎著氣。

疫情猖獗，封關長達兩個半月。解禁那天，小偉和小雲飛車回家，他將等他、擔心他而消瘦的母親緊緊抱住，約有半小時之久，激動得嚎啕大哭，媽媽也伏在他肩膀流淚，感覺好似隔世重見，雖沒有死別，畢竟是生離了。

媽，我對不起您、對不起您！我以後改為最久兩星期回家一次看看您！

這就好！這就好！

原來，見面不是必然，疫情當前，任何一方分分鐘可能不在了啊，小偉感悟。

春天到了，我等著平安的妳

靜靜的屋裏，兩公婆在對話。

男：都已五六十了，我們的人生都過了一半，萬一被傳染到，被確診也不怕了。

女：香港人的壽命平均都超過八十啊！

男：嗯，當然，生命被突然劃上休止號，誰會甘心？

女：你我都不會甘心，我們剛退休，還沒踏出香港一步。

男：是啊，我們保護好自己，就是勝利。想想那些最高危甚至犧牲的醫護人員，我們宅在家不出門、少吃點算什麼！

女：對！醫生要你減肥，這是最好時機，我們還是忍一忍不出門。

男：可是連米也剩下一天的了，公仔麵也吃光光。怎麼辦？

女：我下午下樓一次，買二十天的米和菜。

男：別吧！我來！

女：你長期服藥，屬於高危一族。還是我來，我先去美髮屋洗頭吹髮，然後到藥店看有沒有口罩、酒精一類東西買，然後去超市……

男：哇！還是我去吧。

女：你不要和我爭了！容易感染的條件有三個，你三個都符合。

中午吃過一點飯，老婆戴好口罩，準備出門，老公還是不放心：

超市人多，口罩最好戴兩層，還有，頭部也包一條圍巾吧？你用一支廢筆按電梯。美髮屋妳就不要去了，那些圍布不知多少人用？椅子多少人坐？最近沒應酬，不需要扮靚！妳頭髮再邋遢有臭味我都接受，最重要的是平安！

老婆笑老公草木皆兵太緊張，內心還是很感激和滿意老公那麼在乎她。三十幾年夫妻，首次聽到丈夫那樣體貼她的話語。

她沒有全聽，只是說，我自己多注意就是了。

第三天清晨，老婆感覺不適，咳嗽幾聲，都很乾，老公拿體溫計給她量，三十七度七！公婆倆對視、呆住，臉都刷白了！老婆即刻打醫院的熱線電話。

一次出門就中招？老公手腳發冷，欲哭無淚。老婆望望他，不知怎樣安慰他？她嘴巴說，我一向心態樂觀，沒事的，也許只是普通感冒；內心感覺猶如被判了死刑，還沒準備好就被押上刑場，又突然一陣槍響……她無法再支撐，一時間天昏地暗……

她首次看到沒有流過淚的老公眼睛噙滿了淚水，別過頭去。

叫妳別去，別去，妳哪里都去了！老公哽咽著聲音。

還沒核酸測試，你就這樣，我怎麼放心讓你一個人在家——

半小時而已，醫護人員就來了，六個全身著白色保護衣的醫護將老婆全身用藍色隔離衣裹了好幾層，抬上病床。

不要來看我——不可以來看——不必來看我——保重自己——老婆沙啞地嘶喊，隨著被抬走，聲音還在走廊迴響。

以後不要再洗什麼頭，美什麼髮了！——老公憤怒，爆發了！他追上去，聲音淒厲，電梯猛然一關。彭！像是大鍾捶打在他胸膛！

回到屋裏，他如一座分崩離析的舊樓猛然倒塌在長沙發上，發出可怕的呼喊，為什麼是她，不是我？為什麼是能幹有用的她，不是沒用軟弱的我？

他們怕這種不是生離就是死別的傳染病，還有什麼比這更殘酷？不准探病，不准握手、擁抱，不准進入病房探望……馬上被通知在家不准外出，得隔離十四天。

後來，追蹤得悉，他們屋村裏就有一個從疫源地被傳染的確診者，他有個親戚接觸過他，這個親戚（所謂B的帶菌者）到過美髮屋，老婆就在那里被傳染。

雖然生活還能自理，但老公一個人在家的日子，度日如年。老婆一直到第五天，只報道確診，其他消息都沒有，他偶爾照照鏡子嚇了一跳，半灰白的頭髮竟然全白了。第七天，手機上才看到老婆發來的一行字：

不要擔心，我雖核酸測試呈陽性，但屬於輕症，經過治療會好轉的。

他覆她：以後不需要再到美髮屋扮美了，安全第一！

老公欣喜若狂，每天都在等著可以探望的日子。他被允許探望那一天已是距老婆入院十六天了，護士借出醫院最安全的保護衣給他穿，他只能距離十五米遠，遠遠地在門口看躺在床上向他揮手的老婆，……

第二次是在一個月後，樓下的杜鵑花開始含苞待放了，天氣開始回暖，他們被允許隔著玻璃彼此相望，老婆看到老公的淚光，他的雙手還抓著一張A 4紙，上面寫著：

春天到了，我等著平安的妳

她一剎那間淚如雨下，別過臉，她看到，真的，窗外，三角梅和杜鵑花已開得很豔了。

咫尺不再天涯

妳可知道，在妳不再揮手、轉身上車的那一瞬間，我還是回過頭送別妳的背影嗎？我縱然有千言萬語，想表示對妳的懺悔，可是都來不及說了。妳走得那麼堅決，令我意想不到！外表柔弱的妳，在非常時期，居然將妳的善良胸襟表現的那樣義無反顧。

我知道妳低調，不願意媒體知道妳自己請戰，將志願成行，飛向重疫區支援；因為我們的城暫時只有妳一個人被特許奔赴第一線，萬一傳開，一定被廣泛報導，給妳很大壓力。

於是，乘著黎明時分，妳上車出發了。為了不要太過傷感，我們商定好，不在飛機場送別了，就在家附近的車站。妳怕病菌傳染，選擇了的士。你將全身包得密密。

多少天來，我們一直保持至少兩米至三米遠的距離。

我每次從街道巡視交通值班回來，晚餐都是妳做，真難為了妳。在醫院處理照顧病人已經那樣疲累了，妳還做了晚餐。妳將簡單的飯餸弄在一盤，擺在小沙發一側的小几，然後站在三米遠的走廊口，默默地看著我吃。我心酸啊！我看到妳戴著一個大口罩，架上眼鏡，眸子裡全是強忍住的淚。看我吃完，妳才安心地草草吃一點。洗碗也是妳做。唉！

回想我們婚後三年的小日子，如果不是妳的委屈忍讓、善良大方，如果不是所有大小家務都是妳一個人默默在做，我們怎能走到今天？要是別家的小夫妻，早就離異了！想到我的種種大男人主義，我就不能原諒自己，洗碗、曬衣服、迭衣服、拖地板、收拾、三餐，哪一樣不是妳一手包攬來做？有時妳只是客氣地說我幾句，我常常就凶凶地頂回去，發牢騷、反駁、發脾氣，我只顧翹起二郎腿，一邊吃花生、喝咖啡，一邊看電視節目。我幾乎將妳當家庭女工了！讓妳這麼辛苦勞累。一想到這些，我就不能不內疚，後悔不已……

我開始對妳好，是從妳已決定到第一線支援、做志願者的那天起，一直到妳今天走為止，也不過五天而已。唉！還在本周，妳因看我有兩晚為協助清理街上堵路的雜物很遲回家，我看到妳從街道黑暗處那裡走來，將盒飯放在路邊一個長椅子上，也是約三米遠。我知道妳又是害怕帶菌給我而有意這樣。兩晚妳都站在三米遠的地方，妳說，快找個地方吃呀！我說，抱一下可以嗎？妳半含笑半憐憫地搖搖頭，說，等疫情的拐點到吧！當晚，我們分房睡，我開門，看著已經換上睡衣的妳正要上床睡，妳看到我凝視妳的癡癡眼神，就心有靈犀一點通了，對我無限憐愛地說，等戰勝疫情才做好嗎？

唉！那即將分別的一周內，我唯一能辦到的就是每天淩晨五點，妳上早班的時候，我走在妳身後約三四米遠為你送行。妳不願意與我並肩同行，怕帶菌傳染給我，我望著妳的背影，想到過幾天妳就要奔赴第一線，生死未卜，我多麼害怕，又多麼想從身後緊緊抱妳一次，對妳說，不要擔心我，我會好好過的，將我清除路障的工作做好！啊，我看到妳回頭看我了，似乎看透我的牽掛心思，說，你不要這樣了，給我一點男子氣概吧！鼓勵我幾句吧。

最後相處的一周，如今回想起來，雖然彼此都戴著口罩，咫尺猶如天涯，但卻是我們結婚三年來最甜蜜、最互相體諒的一周！唉！可惜我覺悟得太遲！多麼希望妳與大家戰勝疫情，早日歸來。我們到時才除掉口罩、好好互相端詳吧！

對於我們結婚三年從來沒分離過的人來說，這次疫情猶如暴風雨來到，一切是那樣措手不及。過去，無數的爭吵，雖然到後來沒發生冷戰，但每一次為了雞毛蒜皮小事的口角，感情就像儲蓄簿支錢，吵一次少一分。如今即將揮手，才知道我浪費了多少值得珍惜的時光。

我們實在不能再這樣下去了。

春暖花開日，我們相見時。咫尺不再天涯，從妳回來那天起，我保證不再惹你生氣了，分擔您的所有勞累來補償過去我的壞吧！

暫停鍵下的二十層樓E座

每當我讀到「暫停鍵」這三個字，就會憶起舊日看影碟時，常按「暫停鍵」，於是，疾跑中的人，會定格在那一瞬間，化為動作生動的鑄象；接吻中的男女嘴巴快黏在一起了，突然，接而不吻……誰曾料到今天遇到大瘟疫，也可以按「暫停鍵」？將節奏緊張的生活和工作緊急地定格住在某一個畫面，就像那部我百看不厭的電影《愛情回水》一樣，時空凝結在某一刻。人性，就躲藏或展露在分秒間。

也許，只有我們這一行業的人，無法停下腳步，因為我們需要出動、採訪，將疫境裡普通人的生活公諸於世。奉A網主委託，欲在城裏住宅區抽樣進行拍攝和觀察，我們和某二十層大廈E座有所有屋主簽署了協議書，許諾在不公開大廈名稱、地址的前提下，進行拍攝與與記敘，允許在任何網絡和紙質報刊發表，不得涉及與場面無關的私隱。

我和小芬分工，她負責拍攝，我負責記錄。

城市按「暫停鍵」的這第二十八天，新冠肺炎病毒已經感染多個國家。

這一天我們穿上能在空間浮游飄飛和具有隱形效果的特製太空衣，進行工作，兩個小時完成。以下便是觀察的簡要記錄。命名為《「暫停鍵」下的二十層樓E座》。

* * * * *

小芬說，我們先從上面開始？我說，是的，底層最後。現在幾點？十點。好！上！

特製太空衣真好穿，外表雖然有點臃腫，但浮力大，我們稍一用力，就很快浮升到頂樓二十樓。我們在窗口兩邊往內屋看。房間內，靜悄悄的，一個約四十幾歲的師奶，還躺在床上睡懶覺，發出好大的鼻鼾聲，太陽照在她從棉被伸出的肥胖小腿上。

十九樓。一對約五十餘歲的夫婦，並坐在沙放發上，全神貫注著電視的最新疫情報告會。先生說，哇！又確診四名！共七十九名了。太太說：治好十九名，總算有進步！唉！何時我們才可以下樓？

十八樓。飯廳裏，仍是兩個人，一對看來已超七十的老夫婦正在吃午飯。飯枱上餸菜只有鹹菜、煎蛋、兩碗粥。老太太說，不嫌棄寒酸吧？老先生說，想想那些在第一線犧牲的醫護人員吧！白粥雞蛋算很豪華了。我們堅持不出外，已經算很大貢獻了，還不滿足什麼？

十七樓，一對兄妹在忙碌，男的拉一個行李走到門口，女的說，哥，到了日本，拍張和爸媽的照片發回來。辛苦了！

（我對小芬說，估計這就是那對被確診新冠肺炎的夫婦一家，孝順仔要到日本看顧在那裏留醫的父母。）

十六樓，客廳無人，我們耳朵貼近玻璃窗，也沒有聲響，難道出門了？

十五樓，一個約二十五六的年輕女子在練俯臥撐。

十四樓，廚房有個印尼姐姐影子晃動，一個嬰孩的哭聲從客廳小搖床發出。（我們沒停留，就降下去）

十三樓。映入眼簾的不是客廳，是房間，只看到床上一角，那床在做異動，有兩雙腳相疊……我看到小芬臉色通紅，說，我們到下一層吧。我想起了前一陣子，市民搶購廁紙、酒精外，也將安全套都掃光，原來……

十二樓。堆滿屋的一箱箱口罩，有八九位女性在處理，估計是什麼社團的義工，正在將幾個口罩包成一包，再裝箱，一些人將箱子搬出去，可能搬到什麼地方派發吧。

十一樓。一個很小的劏房裏，一個六十幾歲的戴著口罩的阿嬸解開大廈清潔工的圍裙，抓著一個掃把和一支拖把進來，再除下口罩，坐在床沿休息。

十樓。一對夫婦，一個坐在沙發，一個坐在飯桌旁，各自緊張地刷手機，好半天沒説話。

九樓。兩個年輕母親坐在沙發上，戴著口罩交談；兩個約五六歲的女孩坐在地板上玩堆積木，也戴著口罩。

八樓。一對男女長者表情憂愁，女長者説，小曼小成他們再隔離五天沒事就可以回家了！男長者歎了口氣，暢遊各國的世界夢大郵輪差一點變成了進入地獄門的噩夢！沒有被確診就是大命了！

七樓。看來是年輕醫生之家，妻子送當醫生的丈夫上班，囑咐著，注意你看診時距離病人遠點，手要洗久一點，口罩拉密點，診室的窗要打開！醫生已經走到門口，大聲回應，知道了，byby！太太喊，你們當醫生高危啊！

六樓。近窗口是小房間，一個老婦人躺在床上。女兒看了看從母親腋下拔出的體溫表，驚呼，媽，三十七點八！怎麼辦！？我打999，叫救護車了……

五樓。客廳只有一對中學生姐弟，各自對著筆記式電腦，緊張地做功課。估計這就是疫情下停學不停課了，老師網上授課，他們在做老師佈置的作業。

四樓。一部電腦擺在書桌，畫面正對著窗口，打電腦的人是女的，在客廳走來走去，大概是累了停下來運動。我看到題目好大——《疫情日記之十三》，裏面有幾行字非常矚目「估計死亡數字比公佈的多得多！」「每天空喊鮮花和陽光是於事無補、沒用的」、「我也不知道為什麼我的日記閱讀量會這樣大，好幾千萬，嚇了我一跳……」……

三樓。應該是哪家超市的小倉庫？堆滿了各種牌子的廁紙。兩個配貨員工在喝檸檬茶，一個說，貨到得及時！另一個說，不知誰造的謠！連安全套也搶光！

二樓。有一位女士在電腦前敲鍵，記錄了中國全國各省支援湖北的動人情景，還歌頌了中國真正脊樑鍾南山院士奔赴武漢第一線的感人事蹟，還寫了今天到各區替市民量體溫、派發口罩等等做義工的細節，她列印好幾份，其中一份被風吹出窗口（她竟然沒發覺），我伸手抓住，眼睛很快一掃……

一樓。一袋一袋市面上缺乏的、來不及供應市場的廁紙、消毒液、肥皂、小袋米，裝在透明大膠袋裏，約幾十袋，擺在地上，幾個工作人員在接待和登記，外面排隊的市民有次序的魚貫而入，取一份走……

* * * *

好！我和小芬肩膀感覺被人一拍，回頭看，是A網主，他說，辛苦了！我們吃飯去！

夫婦美髮屋

夫婦美髮屋選擇在這時候開檔，不知是喜還是悲？

在新冠肺炎病毒肆虐和蹂躪全球人類的時候，小島人響應少出門的號召，以配合抗疫戰爭，為抗疫做出一己貢獻。當市面上不少美髮屋都以「門前冷落車馬稀」作出犧牲時，他們夫婦檔美髮屋就「被迫」開檔了。不需要租金。就選址在居屋裡。

小小洋臺上，天氣回春，午後有點陽光，暖暖地照。杜太太在給丈夫老杜理髮，他上半身赤膊，圍著一條大毛巾，毛巾兩端會合在前脖處，用一個塑膠夾子夾住。

我們要掛牌嗎？老杜開玩笑問。老婆說，先練吧，手藝合格了才服務鄰居。

既然沒掛牌，就不好為別人的頭服務。我們做義工，不收費就不怕的。

杜先生說，也許只開一個月，疫情被消滅，我們也就要執笠了。

右鄰洋台突然傳來一個聲音—真好啊，幫襯！我可給紅包，優惠半價ＯＫ？

杜太太回頭一看，是右鄰廖太太。

不好意思！我們只是在說笑娛樂自己，哪敢為妳服務？搞不好妳好端端的一頭秀髮被我們剪壞了。廖太太說，不剪，幫忙洗而已。

杜太太說，看看再說吧！等一會看看我們的樣板頭，滿意才說。廖太太說，好吧！

話說杜太太只是剪到一半，就發現丈夫頭部「原形畢露」了，原來他上半截頭髮減去上半端後，下半截「根部」長出的全是白色的了，正如一個女子去整容，如果原底子醜，生出的孩子也會是一個醜模子一樣。

看來你要染了。是，要染。

杜先生走到浴室，將上次用到一半的「美源發采」內兩支染髮膏取出，各擠出一些，塗抹在盒內配好的特製膠質粗梳子上，開始對著大鏡子自己操作了。怕染不勻，又讓太太梳理補勻一次。塗了染髮膏的男女，頭髮猶如倒了黏漆，黏成一團，要講多醜就有多醜。

乘這個機會，我也來洗頭？老公可以幫上我的忙，杜太太心想，何必搭車去美髮屋洗？一早，當她提出門時，丈夫就激烈反對說，搭車，座位幾百人坐過，要消毒；在美髮屋，座位也不少人坐過，要消毒；最髒的是那條鋪在身上的布，疫情還沒爆發前已經夠髒了，用力嗅都可以嗅出臭味，那上面不知有多少細菌？

好吧！不去。杜太太說。此刻，看到丈夫正在等候沖水，時間足夠給她也染一遍開始變花白的頭髮，就要丈夫幫她，老杜沒想到老婆那樣信任他，敢於委以重任，就說，好吧！

輪到杜太太坐著，老杜一梳一梳地為她塗抹，先從右邊耳朵鬢邊最花白的頭髮染起，，然後慢慢往頭頂分界中線塗抹。

染髮膏擺在洗手間大鏡子前的小雲石上，老杜如是者來回三四次。

杜太太右邊頭染得差不多了，欲開始塗抹左邊耳鬢邊的頭髮時，丈夫驚呼一聲：

糟了！染髮膏擠完了！老婆吃了一驚，沒有了嗎？

沒有了！

快！你把我頭髮右邊的染膏用梳子梳過來，這樣左邊的也可以儘量變棕黑色……

好！

可是好像沒用，染髮膏乾得快，「分發」到左邊頭髮的，畢竟很有限，大勢已去，老杜說，我已經儘量「分」過來了，可能效果不太好，等沖洗和吹乾後才知道效果怎麼樣了。

現在輪到我沖洗頭，我連澡一起洗了！我洗好輪到妳。

老杜頗花了些時間，先用溫水淋濕全身，才開始對準頭部沖洗。烏黑的水隨著蓮蓬式的噴水流下來，他火速擦乾，就喊夫人過來沖洗。

沒有正式的美髮屋，杜太太用一條大毛巾圍住頸脖，熱水調到溫溫的，老杜又將花灑調轉到中速出水，開始為太太沖洗掉頭部的染料，最後再由太太自己左左右右對準感覺不潔的部位沖洗了一遍。最後她站起來，開始用大毛巾包住頭慢慢揉擦起來。

對鏡子左照、右照，有點哭笑不得。

在主人房，老杜也對著一面落地長鏡，仰頭看、低頭看，表情僵硬。

他和她欲到陽臺收拾東西，在走廊狹路相逢，都愣住了。

在露臺，他們聽到有人在叫他們，那是右鄰的廖太太，當他們先後抬頭，廖太太猛地看到了杜先生灰銀摻雜而不勻色的頭髮，嚇了一跳；杜太太呢，半頭棕黑色，半頭銀白色，又幾乎笑出淚來。

哇哈！你們回到少年身，頭髮好時尚啊！一個是少年雜色頭！一個是師奶陰陽頭！真難為你們了！我比你們年輕，出門時會代你們再買一盒「美源發采」補染……

夫婦倆大笑道，謝謝了！在這大時代，個人的小委屈，算得了什麼呀？我們再堅持一下，抗疫就要勝利了！

給我們用手機拍一張照片做紀念吧。

口罩女王

COVID-19病死率不是很高，但傳染性很強。
被確診者經過之處需要消毒，親友們要被隔離十四天。
不能到病房送鮮花給他。
上帝寵召他時，會很匆忙，不能一路走好。
沒有體面的送別。
許多人不怕死，但怕這樣的死。
我們小島的第一把手，幾乎是全世界第一個成立抗疫小組，號召全民戴口罩。過往的失誤，如今慢慢補回，屢屢得分。
我認識的這一位大嫂，速度也真快，難道她冥冥中得到神的旨意？

小城故事少，疫情來襲，第一樁故事，構成並不好看到風景。那天她往窗外看到，遠處商場外的藥店，竟然裡三層、外三層，排起了長龍，都是買口罩的。據說，還只是排隊取籌，而且每天只派四十個籌碼。過兩天才有口罩取。

這一位大嫂，真厲害。她不用排隊。

左鄰右舍都在說，附近的長龍，四天來，都沒有縮短，已經連續排了四天。隊伍中有印尼姐姐（女傭）、家庭婦女、白領、老師、長者、學生、工人、速食店職員……許多打工者，在家裡辦事，半天就在隊伍裡度過。

左鄰右舍也都在說：好像第三天、第四天而已，已有郵差送三箱口罩給這位大嫂。

那麼快啊？

是的。前幾天，一個社團的會長親自打電話給她，我們弄到一批口罩，要分派給會員，數量不多，妳和家人需要嗎？我們給你留著。

這位大嫂當時手上一個口罩都沒有，居然沒有猶豫地答道：謝謝會長，暫時不需要。請留給最需要的人吧！

但這一位大嫂似乎很敏感，意識到病毒來襲，非同小可。

那麼巧，放下會長的電話，海外的小弟從外地旅遊歸來，途徑香港，來電說，有半箱口罩給她，要不要？她說，要！

當天，在葵芳地鐵交接。這是第一次收集到口罩，數量不少。

那晚，電話不停，海外朋友、妹妹都來WA，需要口罩嗎？大嫂說，好啊！太謝謝了！剛剛放下電話，一位老同鄉發短訊來了，你們需要口罩和其他消毒藥水嗎？不要客氣，老朋友了！大嫂回復，謝謝！是的，不客氣，需要！地址如下。只是幾天而已，郵差就先後送來了共三箱。

緊接著幾天內，這一位大嫂，又接到前社區主任林主任的電話，他告訴大嫂社區在網上搜羅到一些急用品，有廁紙、消毒液和口罩，是否需要？她問，他們——街坊們都取了嗎？前主任說，都取了，知道妳的性格，把妳安排在最後，防疫東西我們只是酌情收費。還剩下最後兩包。大嫂說，那兩袋我都要了！一會我來。前主任說，我送到妳家附近的地鐵。大嫂說，太麻煩主任了。主任說，別客氣！妳平時為我們做了多少次義工！

約好時間，出外取了東西回來，她又接到附近女兒的電話，說她要網購一批物質，其中也包括限量的口罩，問媽媽要不要？她說要。請女兒先付款，她會全部埋單，女兒堅辭，還沒爭出一個結果，突然又接到大伯（先生的大哥）一個電話，問她，兒子給他一家人弄了不少口罩，要送她二十個，要不要？大嫂說，要！晚上來取。

晚上地鐵人少，她和大伯約定在兩家地鐵的中間站樂富站交接。兩人戴著口罩，除了眼睛露出（還戴眼鏡）外，全身都包得密密的，東西雖然少，但集少成多呀。

這晚大嫂在家清點，口罩竟然收集了兩千零四十個。

有人問，這個大嫂的先生呢？不在了啊？

在。原來她把老公「收藏」得很好，不准出外見光。前幾天她就對他說，所有出門的事我來，一周我出外購物一次，辦事一次，速度會比你快一倍！你乖乖地給我宅在家，這樣可以節省口罩。從今天算起，一周最多用兩個口罩，一個月消耗八個，疫情了不起五個月，總共才需要四十個。我們可以把多出的兩千個捐出去，給需要的人。

疫情大蔓延的高峰日子裡，在後樓梯倒垃圾的阿嬸、樓下的好幾位男女護衛們、修整花圃的花王、大嫂和先生經常幫襯的快餐廳所有職工、超市賣菜的大姐、整理推車的管理員、附近碼頭看閘口職員……都收到大嫂送的口罩，從五個到八個、十個不等，全部派完了！

疫情受控，形勢逆轉，她又從自己的備用儲存的口罩取出八個捐出，對先生說，看來疫情會提前受控，我們先讓出，如果到時需要，我們再想辦法吧！

這樣的大嫂，疫情戰爭中的口罩女王，我無法不點贊。

我在微信裡發出十個大拇指給她。

撤離者

從小島數月的疫情到W市的封城，這一年來經歷的事情實在勝過十年。W市封城，是為了瘟疫不擴散，為了整個國家和世界，W市為此被稱為英雄城的壯士斷臂，付出了重大代價，湖北省不少城縣區鎮也都封了！人民不會忘記W市的犧牲。

農曆新年前夕，我和小女兒林林一月十八號就離港返回W市城娘家了，林林爸爸工作太多，又只是放幾天假，這次沒一起回來，留在小島，沒想到一別就是一個多月過去了，原定在W娘家大概兩個星期就回港，一封城，就一直滯留到三月初。

疫情形勢轉好，傳來了小島將派飛機接我們回港的好消息。

告別這座英雄城，心裏真有些不舍，畢竟疫情在這裏最嚴重，整個省成為重災區。對人類遭遇的大瘟疫，有誰敢說有經驗？

小島終於包飛機來接我們了！我和林林算滯留在W市的香港人，名單一早就報給有關方面，被通知的時候我和林林都好高興，老公聽到這個消息也開心得不得了。從嫁到香港，家就在香港了，再說林林也要讀書，雖然小島因為疫情開學期一退再退，從三月十六日再退到四月二十日，但遲早都要準備。

暫別W城，期盼明年春暖時節，一家人再來此城賞櫻花，在東湖環湖路的樹蔭下徜徉，攀爬黃鶴樓上吟讀名家詩詞，在那座現在還看不到的抗疫英雄紀念碑拜祭。

一路上有多個關卡的人員為我們量體溫，抵達飛機場更看到一架很大的飛機停泊在飛機坪上。小島有關的官員都來了，七八個醫護人員都穿著淺藍色的防毒衣，除了教我們如何戴口罩、如何用消毒液、洗手的基本知識外，還給我們所有人各一份衛生包；主要官員為我們介紹小島的疫情，以及回小島後在酒店隔離十四天的要求和餐宿安排。

小林林看到飛機，激動而興奮。

媽媽，我們坐飛機回去啊？

是啊！

要多少鐘頭呢？

大約一個半小時到兩個小時吧！

媽媽，妳坐過飛機嗎？

媽媽坐過好幾次了。

飛機比搭高鐵快好多了……

林林拿出手機，拍了好幾張停機坪上的飛機。

在機艙裏，我告訴女兒，這架飛機好大，平時應該可以坐兩百到三百人，但現在為了彼此不接觸，就坐得很疏，官員、機組人員都隔開坐。一個家庭的成員坐得比較密，但其他的起碼隔開三四個座位。整架飛機只坐一百多人，因為旅程時間很短，又避免傳染的機會，飛機上不安排餐飲，只是派了麵包。

飛機上，我的心很不平靜，去年小島「焚城」，今年W城「封城」，我們真是經歷了人類歷史上的慘烈事件。天災人禍都齊全了。聽丈夫說，六十年代，他住在南洋，那裏排斥華人時，國家派了大輪船去接他們，今天無論在本國、海外都是用飛機接載了！

林林不斷問「今晚我們住在什麼地方」、「隔離是什麼意思」，我說，媽媽也不是很清楚，今晚開始就知道了。我們這類人就稱為「撤離者」，撤就是撤走的意思，本來如果沒有疫情，我們這一類人就得回小島生活或上班，疫情一來，就滯留在W那裏了，無法直接回來，就派飛機來接；現在這個「離」不再單純是「離開」的意思，還多了「隔離」的意思，不得與別人接觸。

飛機終於抵達了。再一輪的消毒、量體溫、醫護人員登記我們的資料等等。

看到飛機場的安靜，心浪起伏。

一到酒店就和林林爸爸通了電話，彼此都有些激動。

安排的酒店空間不小，整齊、乾淨、雙床，小林林第一次住酒店，感覺新鮮開心。洗澡房也很雅致漂亮。我們很遲才睡。

十四天來，還派報刊給我們看。酒店服務員幾乎天天來房間消毒。早中晚餐都有人無接觸地送餐，我們聽到門鈴聲，開門，一袋飯已經放在門口走廊上。有菜有肉，量還不少。

這十四天的隔離日子真難忘。

吃住竟然都不要錢。

世界上不是所有的政府都能那樣做，但小島政府難得啊，為我們做了這些。

採集鮮花與陽光的人

大瘟疫籠罩下的小城，一片灰暗。

小城彌漫著死亡的氣息，天空總是陰沉如同傍晚或淩晨那種半日半夜狀態的時光。瘟疫來襲後，病毒極毒，城郊的鮮花都不再綻開，即使開放也在頃刻間衰敗了，所有池、湖的魚只要一露出水面，都馬上翻白肚僵浮水面。

如果有風，臭味就會越來越濃烈，口罩，已經戴上六層，依然無法抵擋病毒的無孔不入。所有老百姓都在住宅守著。路人幾乎絕跡，迫不得已出門的，偶打一個噴嚏，噴出的病毒就有一億之多，形成的空氣溶膠一旦噴出，兩米內的樹木表皮、人的肌膚、牆壁表面就馬上出現花冠般的美麗毒球，很是駭人；更可怕的是，不久，豔麗毒球分裂，分離出更多的細小毒菌，附上的樹木馬上枯萎、牆壁倒塌一大片。

緊急封城、緊急封關、緊急封死所有城門。

到處是一片慘烈。氣氛太恐怖，病毒還繼續變異，進攻人類的思維系統。一些人腦子中毒，會令思路紊亂、神經失常、情緒失控，他們除了產生恐懼外，還會散佈失敗主義的言論，複製謠言，最可怕的是眼睛近視加劇，嗅覺也失常，出現了少量可怕的喜歡嗅糞味、嗅屁味、嗅鼠屍味和臭溝味的逐臭人；更奇怪的還有怕光人、畏熱人、色盲人、咒日人，一旦天空出現強烈的日照，就會渾身不安，這類病人的病毒傳染性雖然沒有像COVID-19那麼強，但也會傳染，出現的也是腦病毒，危害著社會，令氣氛更加恐慌，他們那些奇癖和嗜好，影響著他們的一大堆突然出現的粉絲，腦子也紛紛中毒。

天使們都是柔情似水的女性，都聚集在城裏和城外交界的一個範圍頗大的城堡，本來城堡百年來都是百毒不侵的，直到有一天看到城牆外路邊，出現一個巨大的色彩豔麗的花冠模型，才知病毒魔鬼除了傳染免疫力盡失的人類而外，還決心挑戰城堡裏美麗善良的天使。

天使樂園裏的七八位天使熱議之下，一致推選一名叫「真情良女」的天使出行，拯救那些被古怪病毒襲中而病入膏肓的病人。良女不僅長相清純美麗，品行良好、心底善良，出身也非常棒，傳說遂明國裏的燧人氏是她的元祖，希臘普羅米修斯是她的異族遠親，衣缽相傳，也頗學到不少醫治、拯救不幸人類的本領。

良女不怕病毒，但為免遭到質疑和仇視，依然戴上口罩出巡。

良女到重災區去。那些確診新冠肺炎病毒（COVID-19）的病人，已經有專門的醫護治療，她的重點是醫治那些思維紊亂的病人。她背上背著一個很精緻的錦布背囊，裏面裝滿了剛剛從城堡內花園採集的不少鮮花和一縷縷陽光。

良女天使到重症醫院去，看那幾百個病人，頓時嚇了一跳。原來，一時沒有特效藥，嚴重的逐臭病人，男女都有，醫院無可奈何之下，在他們病床的四周圍擺放了一碟碟的各種色澤的糞便、鼠屍和溝裏垃圾，病人胡言亂語的時候，就讓他們嗅聞個夠。

良女看了這怪現象，問一名護士，怎麼會這樣？他們喜歡。

喜歡就提供？目前沒有特效藥呀。

也不能這樣以毒攻毒。病人會變本加厲的。難道你沒聽過中國聖人講的這樣的金句——

「與善人居，如入芝蘭之室，久而不聞其香，即與之化矣。與不善人居，如入鮑魚之肆，久而不聞其臭，亦與之化矣。丹之所藏者赤，漆之所藏者黑。是以君子必慎其所與處者焉。」

（《孔子家語•六本》卷四。）

良女一不做二不休，當即從背囊中取出十來支鮮花，放在病人鼻息之下，最初他們很抗拒，良女天使讓護士門協助，病人嗅到鮮花店氣息，精神馬上一震。十四天隔離後確診為嗜臭重症病人，良女再用十四天「鮮花醫療法」，包括用了九十九種不同形狀、顏色和香味的花卉讓病人嗅聞、一百種花瓣合成的精製花蜜、八十八種花卉配製的三餐，還每天由護士門陪伴他們到花園裏散步，很快，他們轉為輕症，進入療養階段，痊癒在望了。最初，有的病人久不見鮮花，早已不知鮮花為何物，更妄論它的香氣，那些花的豔麗色彩、濃馥的芬芳，不但令他們大開眼界，而且心理上慢慢知道什麼是臭和香、醜陋和美善了。

那些總稱「畏陽光症」的人，不但是生理的，而且是心理的，他們習慣了生活在黑暗裏，據權威專家分析，不醫治也很危險，慢慢地他們會天天尋找最黑暗的角落走去，碰得頭破血流還不算，還會拼命找黑暗旮旯躦入，久而久之身體變異、萎縮成為人臉鼠身的小怪物。

那天當良女天使走進他們病房時，一陣寒氣從黑漆漆的病房襲過來，良女幾乎受不住，她趕緊從背囊裏掏出一百縷最強最暖的陽光，小嘴一吹，病房頓時陽光普照，亮堂堂的一片。習慣了黑暗環境的病人最初不習慣，輾轉哀號，在床上翻滾掙扎，護士們按照良女天使的吩咐，給他們嗅聞鮮花，慢慢地他們就平靜下來了。

大瘟疫前後多年才結束，這些特殊病人不少人還成為志願者。

天使真情良女謝絕採訪，漸漸淡出媒體視野，回到城堡，依然每天曬太陽種花。

妳好嗎，威尼斯的路絲雅

夜裡，我剛看完上半場已很累，沒想到只是閉眼小寐一會，更激烈的下半場已開始。

那是多年前的一場女排賽，被譽為世紀之戰，C國對M國。

我們宅家的日子，就喜歡看這些當年的錄影舊碟。

疫情大爆發，我說，老公，暫停，看一看新聞吧。

每晚睡前最後一次的疫情新聞，我們不忘收看，如果是好消息，不但不會成為「共情傷害」，反而成為一種精神安眠藥。

不但為自己國家的春暖花開，而且也為友好國家的日子靜好。

舊碟被按「暫停鍵」。就在此刻，一個畫面突然跳出來，我失聲驚呼：路絲雅！路絲雅！

螢光幕上，一個意大利女護士在受訪，漂亮的臉龐已經消瘦憔悴不少，但依然掩蓋不了那天使般的純潔美麗。她的睫毛又黑又長，和我一樣兩邊臉頰上各有一個小酒窩。她一臉的憂鬱，大意是，非常感謝中國，支援了醫護人員和那麼多的抗疫物質給我們，我也接觸過中國人……可是我們都以病人為先，物質讓病人先用了，醫護人員不少人被感染了……

是的，不錯了，她是路絲雅！她是路絲雅！我先生老黃驚愕住。

記憶之水迅速在倒流。那已是兩年前的旅遊往事了。那天一早，我們的團就在比薩斜塔附近遊覽拍照，四個澳門女團友，不顧大團集合時間到，看到我常為團友拍照，也把手機遞過來給我，老黃多次催我，我沒理睬，就在一邊瞄準、一邊後退的當兒，沒看到後面一個低石階，就在那一剎那間踩了個空，整個人如打樁般一動不動的，老黃趕緊走來扶著我。

螢光幕畫面一轉，意大利幾個城市空蕩蕩的大街和小巷，一輛輛運向火葬場的軍車排著隊緩緩在街上駛過，畫面觸目驚心，我和先生屏心靜氣，一顆心幾乎凝吊在半空中了。一會，四個數目字，刺眼地佔據了一半的畫面（二零二零年三月二十四日為止）——

確診63927　死亡6077

每一個數字都代表著一個鮮活的生命或已經漸漸冰冷的肉體，每一個數字的背後就是一個個破碎的家庭！

意大利，成為了舉世矚目、也令人同情的國度。奇怪，沒有一個國家如此地令我關注，唯有此刻在生死存亡間搏鬥的意大利！

那次，我們參加西歐游，老黃過後說，意大利的鮮明色彩，遠勝英法德，尤其是鬥獸場、比薩斜塔，都是值得一看的古跡遺址，而最神往的還是威尼斯。舉世聞名的水城，老黃最著迷，不在於她的美，也不在於近期海水位不斷上升、威尼斯危在旦夕的命運，而是來自諾貝爾文學獎獲得者、德國作家湯瑪斯的名著《魂斷威尼斯》，他讀過原著，也看過英國和意大利合拍的電影；而我對西歐幾個國家的印象，加起來還不如這一位意大利威尼斯的護士路絲雅。

我的腳嚴重扭傷那下午，老黃整個下午扶著我遊覽，當晚我們住宿在威尼斯市鎮的酒店，準備次晨一早搭船往威尼斯水城。這是老黃和我整個西歐遊的重中之重，萬里遊蹤，也許一生僅此一次，不甘心放棄。晚飯後，導遊肥哥哥走進我們房間，問我腿部感覺怎麼樣？我說一抽一抽的，痛感加劇，他說最好上醫院看一次，比較保險，旅程還剛完成一半。我說好的！他說，路程很遠，一趟要五十歐元，來回就是一百歐元了（相當於港幣一千元）。不過醫療是全免費的。聽到「全免費」，我的心咯噔了一下。在香港，政府醫院，香港居民基本上費用全免，但掛號費一百港幣，非香港居民急診費就遠遠不止，威尼斯對我這樣一個外國人，費用居然可以全免！……

想到此，我對老黃說，晚上如果再播出採訪，記得喊我，我要看路絲雅！

好的！

對了，當晚十點，由肥哥哥陪同，我和老黃乘的士前往威尼斯公家醫院，花了差不多近半個多小時才抵達，那裡已經有十幾個意大利人等候，有個護士問了情況，肥哥哥一一代答。坐著等了約一個多小時，才見一個男護士帶著輪椅叫我坐上去，原來是到X光室拍片。途中經過不少房間，醫院不小。拍過，很快又將我推出來，在外面等候。又等了一個多小時，我被一位女醫生喚進診室，X光片子出來了（也比香港快），她高舉片子，對著肥哥哥和我說，我只是左小腿扭傷，沒有骨折，因為還要繼續旅程，最好是用布包紮，比較固定。如果痛才服止痛藥。接著有兩位護士叫我躺臥在一側的床上給我打針，之後，就是那個一臉甜笑的路絲雅，負責為我包紮。

她告訴我她叫「路絲雅」（Lucia），她用英文與我對答，見我只會幾句簡單的，不是很流利，偶爾會冒出幾句彆扭的中文，然後哈哈笑起來。我大讚意大利的美，她好高興：「多來玩呀！」她一邊給我包紮，一邊癡癡地欣賞我，搞到我不好意思，她說：「妳很美麗。」，問我多少歲，我老實說了，她說：「妳一定騙我，別開玩笑了！」，「看來看去都不像！」「妳比實際年齡年輕了二十歲！」……路絲雅手勢溫柔，與其說包紮慢，不如說是借機享受與一個來自香港的女性接觸的過程。

多麼漂亮、年輕、善良的意大利少女護士路絲雅！

晚上，節目不見重播了，不見路絲雅，我竟然有一種失落感。

我趕緊讀幾篇剛剛轉來的有關意大利的微信、視頻、資料和疫情最新訊息。中國已經出手協助他們了！原來，意大利早在一九七零年就和我們建交了，在中國抗疫最艱難的時刻，就是意大利第一個運物資來支援我們，還可以回溯到汶川大地震時，他們也早就援助我們了……

我希望我們國家繼續感恩圖報，也希望他們的疫情早日防控住，祝願投向第一線的護士路絲雅為自己的國家抗疫出力的同時，也保護好自己，安康美麗如昔，一家人健康平安！

路絲雅，今晚妳在哪裡？是否又是一個不眠之夜？

祝福妳的祖國早日戰勝疫情，國泰民安！

妳好嗎，威尼斯的路絲雅？

轉角小餐館的最後一餐

大街拐彎進入小巷那家轉角小餐館，叫「婆羅洲家鄉飯」。一個很大的傳統橫式招牌，以黃底紅字、字體顯得很粗稚地寫著中印文對照，生硬地立在餐廳的屋頂上。不過，由於很大，遠遠地就可以看到；招牌雖不好看，飯卻是香噴噴好吃，一試難忘。

到這家餐廳吃過的婆羅洲山埠人，在此猶如回到家園，釋放了他們的鄉愁。

老闆娘二玲正在抹檯面，手機響了，從工作衣的大口袋掏出來，一看，是同一條街、隔五六間店鋪、賣手機套和照明用品的戴姐。

玲妹，訂兩盒黃薑飯，要魚，不要牛肉。

戴姐，我們守到後天中午，算是最後一餐，這幾天處理完店裡的雜事，後天下午就關門了。

啊？為什麼？戴姐吃了一驚。

快一個月了，新冠肺炎病毒確診的人越來越多，最近形勢緊張，出來吃飯的人明顯減少，一星期幾乎沒人進來了。無法再支撐下去了，唉！

戴姐聽二玲的訴苦，心裡同情，但不知怎樣安慰她，只說，那停業一段時間也好……下午妳不用把飯送過來，我會過去一趟。

匆匆放下電話，想到二玲七年前開這家家鄉特色餐廳，也真不容易，賣著這城市獨一無二的婆羅洲黃薑飯，不敢說生意滔滔，每天食客最少也有九成，不料一場可怕的瘟疫大流行，一切突然宣告要結束。

婆羅洲家鄉飯小餐廳內一片沉靜，原先擺三張長餐枱，現在回應當局的呼籲，為避免顧客太擁擠，只擺了一張。反正沒有生意，乾脆搬掉，何況也將關門了。

四個職員，兩男兩女，依然在緊張地煮食，連兒子媳婦在內，清一色的黃褲紅衣制服，根本分不清誰是誰。

每兩天只是來看看一下就走的二玲，回想起七年前創業初期，她和老公就讓兒子媳婦跟班、當見習生，本來想一年後才放手，後來見小倆口非常勤奮，僅半年，就讓他們接棒主持了。如今疫情來到，危機在即。

午後，兒子媳婦和二玲開了最後的小會，先是媳婦彙報店裡的存貨，她說，後天做完送給幫襯他們最多的山埠同鄉人二十幾份黃薑飯之後，儲存、冷藏的材料還剩不少，主要是冰凍的魚、牛肉、冬粉、辣椒、雞蛋、椰汁和其他食材，也可以分給他們，感謝七年來他們的支持。再有多，就分給餐廳四個男女職員。

二玲說，就這樣決定，這也是最好的處理了。

兒子說，這個店可惜了，剛剛簽租兩年，才用三個月，只好空置，非常時期是不會有人接手的。

二玲說，你們給的家用，我一直儲蓄著，就當媽媽租好了，虧就虧了。

兒子媳婦齊聲道，媽，這怎麼可以！小倆口眼眶中噙著淚珠，聲音哽咽。

接著，四個職工被喚進來，一列站著。

兒子說，你們在微信裡通知山埠老鄉我們餐廳後天正式停業，中午一點前請他們來取最後的一餐、黃薑飯和一些冰凍的食材，這是對他們多年來支持表示的一點小小謝意，請他們不要嫌棄。至於餐廳的東西，你們認為有用的就隨意拿去好了。

兩個女員工抹著臉上的眼淚，哭出聲來；兩個男的，垂頭，眼睛紅紅的。

小會結束不久，門口貼出了停止營業的小佈告。

傍晚時分，戴姐走過來，取走預訂的黃薑飯，還把飯錢、一個紅包和一盒口罩托一個店員交給二玲一家。

兩天后的中午，長枱擺滿了一盒盒黃薑飯和一袋袋的冰凍食材。

山埠同鄉人，有的是華人親自出馬，有的是派家中的女工，陸陸續續到來，執意要付款，還另外包了紅包，職工不收，互相推辭好久，最後他們只好將飯錢、紅包擺在枱面上，很迅速轉身走了。

兒子、媳婦和二玲一起數完那些可觀的捐助款，為那大到足以再租用店鋪五年的大數額感動得說不出話來，四個員工最後一餐飯的錢也包括在其中，還發現了一個大信封，裡面簡單到只有四句話：

請挺住！疫情過後，再度開張吧！我們愛吃家鄉的黃薑飯！

下面赫然是二十幾個山埠人的聯合簽署。

就在這時，四個店員排著隊進來了，其中一個拿著一封打開的信，四人齊聲念起來：

敬愛的三位老闆，我們什麼都不拿，店鋪的東西都會保留！我們有家人，生活不愁；疫情過後，請繼續營業，我們，隨叫隨到，再為你們打工！

二玲、兒子、媳婦，此時忍了很久，再也忍不住，大聲地哭了出來。

天堂的戲院

蕭婆婆近來睡覺，總是有夢，夢見的都是同樣的事物。

天堂裡，一間好大的戲院，總是坐滿了看電影的人。她跟在排隊買票的人後面，總是買不到票，總是無法擠進戲院。雖然她無法解夢，不知道那是什麼意思？但每一次醒來，蕭婆婆的心總是很感失落，絲絲惆悵湧上心頭。

蕭婆婆守寡幾乎快半個世紀了，媳婦在中年時期病逝，兒子沒有再娶，於是九十四歲的蕭婆婆和七十一歲的兒子相依為命，在村屋住了幾十年。一家四口先後走了兩個，不大的村屋就變得空寂起來。幸虧兒子收拾家裡，什麼都會，掃地拖地洗衣曬衣甚至從換床單到清理小小籬笆院子裡的花草都一腳踢，屋裡整齊乾淨，唯有煮食三餐，居然一竅不通，蕭婆婆也就時勢造英雄，變成了家中主廚，照顧著家中這老兒子。她希望她的最後一天，能安詳地看著兒子的臉，自己的手被老兒子握著，慢慢走向天堂。

因此，蕭婆婆被確診、由醫護人員陪同，帶走的那一刻，最難受的是這樣的願望已經被宣判死刑，這比肉體的死刑還更令蕭婆婆難受。是的，她一向樂觀豁達，在家收拾衣物，只是兩袋小小環保袋；看著站在七八米遠、戴口罩的兒子戴強兩眼紅腫發呆，她說，千萬不要來探我，也不會有人允許你來探，更不要托人帶任何東西給我，我什麼都帶不走。

「我什麼都帶不走」就是必死的決心，是的，蕭婆婆心境樂觀豁達，要不，不會活到九十又四。除了血壓稍稍偏高，長期服藥，都很健康，不過，正因為她明白自己是長者、而且血壓不很合格，告訴她確診後，她就沒想過會有再走出醫院的希望。這反而令她鎮定安心了。不像其他病種，在生死間博弈、猶豫、忐忑和徘徊，苦惱而恐懼，何況，她聽說香港人壽命平均為八十四歲，自己已經賺了十年！還奢求什麼？還有什麼遺憾，什麼放不下的？

昏昏沉沉上了擔架，進了救護車；不久昏昏沉沉入夢。

天堂裡，一間好大的戲院，總是坐滿了看電影的人。她跟在排隊買票的人後面，總是買不到票，總是無法擠進戲院。遺憾的是最後一刻，手不能被兒子有溫度的大手握著；放不下的是，可憐老兒子的三餐要自己動手了。這比死還難受。

……怎麼會被這可怕的新冠肺炎病毒感染到？明明疫情爆發，母子倆早就乖乖地遵從專家的意見，宅在家，少說也有兩個整月……慢慢回想，有了有了，莫不是一周前到附近公園參加運動那次？那次，老朋友們都悶得有點憋不住了，約她出來到老地方活動活動筋骨，沒想到這病毒太神奇，一定是那類隱形傳播者感染到了，曲折地傳了給她。不過好奇怪，除了幾聲咳和泄肚，沒啥症狀……醫院裡，她一切都很配合，飯菜也都合胃口，和左右床幾個確診的也相處不錯，一切都很習慣。沒有一句牢騷或不滿。

醫護人員在各種測試、量壓中，發現這個蕭婆婆似乎沒有任何恐懼心。從來不問她的病情，還不時說笑，讚這個護士漂亮，謝那個姑娘服務態度好，問最多的一句是，如果她病情嚴重，可以讓她見兒子最後一面嗎。

這個婆婆心態奇好，不怕死。

應該是準備死，反而不怕了。

她胃口也特別好，奇怪。

就是，不過夜裡總是有夢。

就不知道夢什麼了。

兩個固定服侍她的護士離開她病床後，在通道上常常議論著。

天堂裡，一間好大的戲院，總是坐滿了看電影的人。

她跟在排隊買票的人後面，總是買不到票，總是無法擠進戲院。

在醫院的十四天，蕭婆婆有七個晚上都夢到這樣的情景。第十五天傍晚，護士通知她，她次日上午就可出院了。有專人會送她，兒子不必來接。因為兒子也在家隔離中。

醫生要她繼續戴口罩，隔離十四天作為觀察期。

怎麼會這樣？怎麼會這樣？她開心地哭了。她感到太意外的是自己沒有死。

想想，九十四歲的長者、長期服用降血壓藥，不要說醫院所有醫護沒有一個看好她，自己也早就想開了。回到家了，戴口罩的老兒子淚眼凝視老母親很久很久。

站在十幾米遠的蕭婆婆也戴著口罩，癡望著老兒子很久很久。

四周格外地靜，只有牆上的鐘發出滴答滴答滴答的聲音。

母子倆喜極而輕泣，先是呵呵笑幾聲，最後，突然爆發出驚人的震天大哭聲。非常時期不可相擁，他們舉起勝利的手勢，向空中拼命揮舞四隻手臂。

她不但活著，更高興的是又能見到老兒子那張忠厚耿直的臉，繼續為他煮飯燒菜了！

這一個晚上，她又夢了，天堂裡，一間好大的戲院，總是坐滿了看電影的人。

她跟在排隊買票的人後面，總是買不到票，總是無法擠進戲院。

這時，突然有人跑出來，告訴她：蕭婆婆，天堂已太滿，暫不收你，您不用再排隊了！

囚之愛

只要 你繼續牽手 我們 讓愛慢慢成熟 直到天長地久 ——摘自歌曲《愛囚》

老範沒料到這一場大瘟疫，將他們平靜的生活來一個大逆轉。

正如北方的大城嚴峻地封城時，這小島還在夜夜酒吧，醉生夢死：哪曾料到四月八日，聞名的大城解封了，人們湧上街頭，喜極而泣，將鮮花拋到雲端，而小島，卻因大批留學歐美的學生回來，爆發了疫情第二波，確診數目以火箭速度上升。

因此，有了上半場和下半場之說。

老範和範太的這些日子，也分「從前」和「如今」。

從前，他既是二老闆也是打雜的職員。每天大約午後一點多，叮噹一聲，範太太開門，就看到老範汗流浹背，左臂背一個環保袋，右臂背一個小公事包，左手臂彎、右手臂彎各掛著一個小環保袋，兩隻手掌還左右開弓，右手掌抓「拉杆行李袋」，左手掌拎一袋快餐廳買的兩盒飯。他的公事包裡裝了銀行簿子、收據、郵局收據和樓下的信件等各種信件；他的環保袋裡有從公司取的幾十本名家的書和他的書，需要郵寄的時候就很方便。

他渾身掛滿了東西，像一個肉體大衣架；渾身的臭汗，一條髒兮兮的背心圍搭在肩，猶如盛夏時分剛剛從碼頭扛米包回來。他站在門口，對著為她開門的太太做鬼臉。

從前，他也是採購員。每天清晨，特別是週四，他都會協助住在附近的女兒雇請的印尼姐姐，送外孫子上幼稚園後，馬上趕到附近的最大超市，以百米衝刺的速度，踏上電扶梯，三步做兩步蹦蹦蹦地下去。搶推車，搶籃子，要不，什麼東西都會很快沒有了；超市人頭湧湧，有的商品便宜不止五六元哩。他訓練有素，效率極高地按照太太的購物單掃貨，好快就將紙上的逐項完成。

從前，他更是跑腿的。近，下到樓下快餐廳買餐、到超市買祭祖的水果；遠，海外有人托東西來，取預訂的特製蛋糕或特色餐、與兄弟姐妹到地鐵閘口交接東西、到郵局寄東西等等，常常來回三個多鐘頭，炎夏寒冬，風雨無阻

範太太是理財好手，平時理財、聯絡、應酬等範疇的內外瑣事，巨細不論，一一扛起。老範少了這種本領，不但服了另一半，慢慢也就成了夫人的粉絲。再如，公司複雜的帳目要

整理，寫字樓和家中的水電出問題要請師傅修理、寫字樓樓下單位漏水被人投訴要檢查，公司的成品要再改裝製作、地產公司有好樓要推銷、夫婦的醫院健康例牌檢查日子要改期、銀行某單款子到期要安排新投資、手機如何對二維碼、加微信，為什麼找不到群組、中午晚上的兩餐如何解決……太太日理萬機，比自己還忙，因此出力、跑腿的都是他，家務也承擔了一大半，他老何幾乎什麼都會。一起出外，所有重的東西都不讓她拿。

如今，疫情蔓延，封島封關，他們決心做良民，不再出門，宅家。沒經驗，沒計劃，一周，冰箱已經糧缺彈盡。再不出門，剩下白飯而已，連清湯都不青，缺了青蔥。

老範說，妳寫單，我出去買。範太說，不行，你大我好幾歲，屬於高危一族，我去。範太穿上了深色大風衣，戴了眼鏡，戴了鴨舌帽，最後戴了口罩，老范還從房裡拿了一條薄薄的絲綢圍巾，給太太圍密脖子，這樣，範太已經包裹得密密的，沒有暴露的了。

老範說，消毒液要帶，消毒推車把手。範太說，知道了。

人多的超市不要去。知道了。

商品如果是搶購品，很多人摸，將包裝用消毒液噴一下。知道了。

馬路撿人少的路線走。知道了。……

老範囉嗦了一輪，看到太太戴鴨舌帽的樣子，有點好笑，也有點壯嚴，好像一個正要奔赴戰場的女戰士，他很是擔心。因為疫情是這樣可怕，超市人這麼密集的地方，只要一個人確診，全部幾百人都要追蹤隔離。

範太不出門則已，一出門幾乎就是兩個半鐘頭。老範在這兩個半鐘頭內什麼也無法做，掂掛著太太。終於，太太推滿一個小推車的上下兩個大籃子回來。一到家，老範馬上對著太太外衣噴消毒液，範太馬上更衣、洗手、洗頭，老範協助將東西分類置放。

第二次，隔了七八天，食品再度告急。老範說，妳寫單，這一次輪到我出門辦貨。

不行！你有血壓病患，被感染難治，還是我去。

親友們會以為我怕死。

我會說是我不讓你出來。

樓下護衛一個月看不到我，以為妳藏屍。

我會請他上屋裡偵破，破牆或鑽床底。

依然是出征前後的悲壯，範太全副武裝，猶如上戰場。這一次範太推滿上下兩個大籃子回來，還加背一袋，手一包，舉凡吃、用、喝、服、泡、噴、洗、換、擦、量等一應俱全。

老範以消毒液噴她全身……

第三次，相距十天了，又遇該出門購物的時候。

老範說，那些確診的都和出遊記錄有關。我不會有危險的，這一次我去買。

範太說，不行！昨天，剛剛，一個六十九歲的老翁去世，比你還年輕。萬一你中招，我們和孩子三大家十一口再加上兩個姐姐共十三口都要隔離十四天。兒女沒有一個贊成你出門，都愛你；同樣的是，你乖乖囚在家，就是愛大家。

範太說著說著，也裝備好了，一邊接過丈夫遞給她的消毒液、絲綢圍巾，一邊說，只要疫情沒有得到防控，你就乖乖做我的囚徒，不用再想出門，不要再和我爭，知道了吧？

好吧，老範看著走廊上太太遠去的背影，拉緊鐵門，癡癡地想，一場大疫情，竟將家庭中，他老兩口的處境一切都逆轉了。

門邊的日曆是四月七日，客廳電視打出的全球確診數位截至香港時間十二時四十四分，累計確診病例達一百三十萬，累計死亡七萬四千人。（注：二零二零年）

疫情，何時走到盡頭？唉。

從無聊到無私

一場大瘟疫，令林先生宅家半個月，渾身快長出猩猩一般的長毛了。可不是？嘴唇上的鬍鬚密密麻麻，好似那些鬍鬚每夜都在爭先恐後競賽似的，每根都在比快，破皮而出，每天他都要讓電動刮鬍機在下巴磨一次；頭頂上的地中海是他最不喜歡的部分，偏偏寸草不增；頭顱下四周頭髮就長得特別快，厚厚一層如椰子殼，最後他只好用孫女的一個黑色小發環套住，搞成小辮子在腦殼後晃動，像小黃狗瘦巴巴的斷成半截的小尾巴。

林先生，頭髮要阿發替你理嗎？站在右側的家幫阿發問。

不用了，都不知道你的手藝怎麼樣。

林先生，那我給您修一修好嗎？站在左側的曾嫂問。

也不用了，最怕妳該剪的沒剪，不該剪刀倒給剪了。都不必了。你們下去吧。

這時花王老王畢恭畢敬地走過來，他說，林先生，花灑都準備好了，就放窗下。知道了，林先生從他常坐的那單人沙發站起來，正要往花園走去，林太太喊住了他，老公，先把咖啡喝了，曾嫂都煮好半小時了，你早餐都還沒吃……

林先生給花園裡的花草澆水，前後只花了一個小時。

林先生下午在花園泳池岸上的木質躺椅曬太陽，懷念他在小島的歲月。平時每日在寫字樓，這個電話、那位送支票來簽、辦公室外總有五六個職員排隊請示工作、向他彙報的氛圍，他習慣了，一旦突然宅在家，他魂不守舍、百無聊賴，日子不知怎麼過？

像今天周末，以前總會約三個牌友來家搓幾圈麻將，然後讓家中兩個香港姐姐（印尼女傭）燒幾樣特色印尼菜，留他們吃午飯。午後他稍微小睡一會，醒來刷手機看疫情、貿易戰、抗疫新措施，大約兩小時後，他就到附近幾條罕有汽車往來的小路以慢跑速度繞幾圈，權當運動；那時，差不多就是四五點光景了。回家在花園泳池裡隨便遊它半小時一小時，就已經是華燈初上了。晚餐之後，載老婆到山頂吃吃風、尖沙咀逛逛或到鯉魚門吃海鮮，回來看看劇、新聞，週末就過去了。星期天模式也差不多。

週一至週五在公司度過，彷彿屁股坐在大班椅還沒坐暖，就看到窗外維多利亞港對岸尖沙咀一帶已經亮起燈火。

唉，宅家有八九天了。前天將家中所有工人喚來，要他們提建議，他宅家如何度日？曾嫂、阿發、花王老王、兩位印尼姐姐、司機劉、日本料理主廚田哉、印尼菜主廚烏斯曼和助廚仙娣九人排成一列紛紛獻策，都給他一一否定了。

開遊艇到小島周圍大海漫遊五六天？林先生搖搖頭，幾艘大郵輪爆發疫情的教訓，你們難道不知道？到不丹香格里拉山區度假？幻想吧？全球現在沒有一國是淨土……

老王建議我每天給花草澆澆水，這有點創意，可惜最多也只是消磨一個小時。……

工人退下去後，林太趨前，指著客廳靠牆的十幾二十箱口罩，說，前陣子我們訂購那麼多口罩，宅家後我們只出門一兩次，只用了不到五六個，囤積那麼多，你幹什麼？等發黴？等有效期過啊？

林先生大笑，一個世紀來的大瘟疫，都超過一年甚至兩年，我們可以用到那時候呀。說完，他問，全部有多少？林太說，一箱有二十小盒，每盒五十個，那就是一箱一千個，我們訂了二十箱，也就是共兩萬個，我們連工人只用去二十五六個！消毒液是兩箱放在走廊樓梯角。

妳的意思？

我的意思，你做大老闆到今天，什麼目標都達到了，分行多，員工多、工廠多……產品好、而且都是名牌、獨家！難得老婆只有一個我！你名聲不好不壞，也很努力，就是未曾為我們屬下員工親手做一件有意義的事……而且，目前他們最需要的就是口罩！

太太一席話，驚醒夢中人。

林先生說，不愧我夫人，不能不點讚……

此刻，印尼姐姐走來泳池，端來熱氣騰騰的咖啡烏，（粵語：齋啡），放在躺椅邊的小矮枱。看到林先生沉沉入睡，沒敢喚醒他，但林先生還是徐徐醒過來了，對！他內心大喊，不愧我夫人。

從星期一開始到星期五，司機劉開車，載著林先生和太太，走遍港九新界，為屬下近兩百個員工的家庭，派送口罩，每家一盒，還送五箱給他當名譽會長的一個同業社團，由義工派發會員，林家只留下四箱多。

所有的聯絡工作都是林太太做。

那一周，林先生過得無比充實。第二周是派消毒液……

如果那時候，你遇見有輛外觀漆成三色的十九世紀古董車，在小島上滿街跑，那就是林家夫婦在給屬下員工派口罩了。

好事多磨

小尤沒想到一場全球性大疫情，令自己的好事如此多磨。

差三年就進入「不惑」的人，越發對婚姻疑惑起來，究竟愛與婚姻是怎麼回事？八年前，他在內地大學畢業後，又讀了三年漢語碩士研究生，本來想當專業作家，用了兩年拼命寫小說散文，後來他才發現原來當作家不是那麼容易，很快就放棄了。

想到自己的專業就是專攻漢語發音的，二十九歲那年他就毅然去報名申請「國際漢語教師中國志願者計劃」，成績頂呱呱的他，很快就被通知申請獲准，派他到印尼S市當教授漢語的志願者老師，為期一年。據說，有機構擔保或有頭面人物出面，再延長都沒問題。

小尤喜歡這片風光旖旎的土地，尤其喜歡那些熱情的華人文友和學生。他的學生從十二三歲的華人子女到已婚的家庭主婦都有。

有個十九歲的、發育得很成熟、性格陽光的華人女生，對他好感，可是女方家庭獲悉了女兒的心事，一旦知道他是內地來的窮光蛋，馬上強迫女兒退了學。

第三年，班級裡幾個主婦級學生給他介紹一個女的，什麼都好，什麼都會做，就是相貌差極，他心想，我不敢稱自己是帥哥，但中規中矩，我把照片發回農村家裡，家人和親戚十幾口人沒一人同意。都說不相配。

第五年，爸媽三五天就打一次電話來，說在農村給他找了一個不錯的，是他小時候的玩伴。他們給他發照片，他看相貌蠻好的，可是多年沒接觸，只知道她離了兩次婚，他不瞭解，最後還是婉辭了。他告訴爸媽，他喜歡這千島之國，、決定留下來繼續任教。

好事多磨，五年就這樣一晃而過。

尤老師愛上這片土地越發深沉，悠久雄渾的婆羅浮屠、風景如畫的美麗峇厘島、終年都是夏、一雨便成秋的熱帶氣候、淳樸的老百姓……在他想像中，多麼希望能有一個如他小說中描述的、永遠美麗可人的女主角向他走來……

第六年，他任教的班級，一個新女生阿穎，走進他的視野。他眼睛一亮，這不就是他小說內經常描述的、將馬尾塞在腦後鴨舌帽窟窿伸出來、東晃西曳、跳躍節奏優美的少女形象嗎？

女生阿穎為人熱情，尤老師前尤老師後地叫，學習勤奮，插班在那些十幾歲的十五六歲男女生中，她一點都不自卑。下課後，尤老師回到宿舍，急查登記表，阿穎二十七歲，正好小自己十歲，不禁信心大挫。年齡這樣懸殊，會不會被人譏為老牛想啃嫩草呢？更「慘」的是她一臉的青春活潑，根本不像已經二十七。

緣分，說來就來，擋也擋不住。

二零一九年將盡，再過一年，阿穎就要畢業了。說話百無禁忌的阿穎，很喜歡尤老師的文章，有日對他說可以寫首詩送給她嗎？尤老師說，除了詩和戲劇，他什麼都寫過，還把其中一篇寫她的小小說給她看，阿穎讀了，怦然心跳，就問他成家了嗎？他老實說了，還沒有；又問他，為什麼不追她？他一時無語，也不知道阿穎是開玩笑還是正經話？就答，我哪裡敢？阿穎哈哈大笑道，你怎麼不試試，追不追是你的事，答不答應是我的事啊。尤老師說，好的，好的，我們先加微信吧！

他們進展很快，阿穎父母本來認為準女婿太老不太贊成，見小尤為人淳厚老實，而且阿穎是他們獨女、心肝兒肉，最後還是同意了。

婚禮決定在二零二零年四月某日舉行，請柬也全都發出去了。

三月，印尼新冠肺炎病毒疫情爆發，漢語學習班被迫停課。阿穎和幾個姐妹組織成立了「抗疫支援醫護小組」，要他參加，還要他當「執行辦公室主任」。阿穎說，印尼疫情嚴重，婚禮取消、改期！阿穎還說，婚禮既然推遲，他對她是否忠誠也加多一份考驗，疫情是對各國的大考，也是對他們感情的大考，如果全球疫情失控，皮之不存，毛將焉附？看看尤老師表現如何，才最後決定嫁不嫁他！有點刁蠻的未婚妻，尤老師也只好隨她了。

阿穎是總指揮，尤老師相當賣力，除了網路、群組大力宣傳，發動募捐，登記、整理，聯絡……還親自跑腿奔波，和小組幾個人每日搜集到不少口罩、護目鏡和防毒服，成績非常棒。

阿穎很滿意，笑不攏嘴，但又說，看來這疫情不會那麼快結束……尤老師說，多久我都可以等。阿穎說，我們就安排一個訂婚儀式吧，算是補償。尤老師說，好的，我象徵性地送一份禮物。阿穎說，可以，不必太貴的。

那晚，他們到一家餐廳外面的海灘上。偌大沙灘空落落的，只有他和她。他在燭光晚餐中途，跪在她長裙下，親吻她戴黑紗手套的玉手，塞給她一件定情信物，不是戒指，不是鑽石，不是珍珠煉，竟是一份製作精細的、比例原大、薄如蟬翼的金口罩（飾物）。

一個人的網站

說是一個網站，其實只是一個網的私人專欄；不過裡面的圖文，卻不是可兒一個人的，有著最廣泛、最多的署名。經營多年，讀者不敢說擁有千萬，至少嘛，支持者、閱讀者、點讚者加起來也超百萬。尤其是疫情爆發的這幾個月，閱讀她主持的這個欄目，已經成為她粉絲們每日重要的精神食糧。

一個作家曾經說，「哪怕剩下最後一位讀者，我也會繼續寫！」這句話給可兒鼓勵很大。她覺得，大網也好，個人專欄也好，如果能夠發揮出「正能量」，鼓舞人心，克服困難，積極面對人生和生命，那就是文字的力量了。

沒想到在她很需要發出文章的時候，厄運終於降臨到她頭上。

是瘟疫大爆發，城裡人人戴口罩，當局還頒布了居家令，違反者一律檢控拘留或罰款，她不好冒這個險！萬一安排吃「皇家飯」那就很麻煩了，弄巧成拙。今天一早她覺得自己真倒霉，打開電腦，想到自己的「網站」看一看，不料熒光幕竟然出現兩行警告的字樣，大意是：電腦有一個重要軟件過時了，需要重啟才可以操作，她按指示「重啟」了，電腦倒可以打開了，可是點擊任何一個部分，它們都久久沒有任何動靜，這下就慘了！電腦各部件仿佛都約好罷了工，鼓搗了老半天，還是沒有任何進展，整台電腦就像一隻大閘蟹被死死綁住，無法鬆綁，唉！

這真叫她束手無策、欲哭無淚。要是平時，她就會盡快出門修理，或者，請懂電腦的朋友來家裡幫忙看看，然後中午一起飲茶。眼下疫情大爆發，她不想也不能出門，也不可能請朋友來家裡看看……這如何辦才好呢？

她用盡各種辦法，像要為一個被點穴而無法動彈的人「解穴」一般，功夫未到家，對方身體依然沒有任何反應的跡象。她木木地愣看著電腦的畫面，如同中了魔。

可兒，都快兩點了，菜都涼了，先吃了才繼續工作吧。站在飯檯邊的順姐一邊催叫，一邊走近書房，看看可兒究竟被什麼東西迷住，打從早上九點起，學小提琴的女生來家裡學了一個鐘頭、走了之後，順姐就看到她面對電腦、皺起眉頭有三個多鐘頭了。

順姐是可兒請來的鐘點女工，兩天來可兒家一次，為可兒家搞清潔、做做飯，每次約半天就回家。她的聲音落在可兒耳裡，猶如蚊子嗡嗡叫，可兒的頭都不回一下。她好半響才回頭看順姐，才知道是在喚她吃午飯，警覺此刻已經是快到下午茶時間了。

好的好的，馬上吃。她站起來，走到飯廳。

她發現文章必須從電子信箱空間複製才行，微信上的、電郵裡附件的，都不行，她馬上將這個情況發微信給一位她要發表他文章的作者，希望他大力支持她，電郵稿件給她。一直到看到對方回復她了，她才失魂魚似的走到飯檯，開始吃飯。這時候，時間又差不多溜走了四十五分鐘。

唉！妳這人，一靠近電腦，就魂不守舍的，非常瘋狂。順姐說。

朋友的文章很長，但非常重磅，對抗疫會有很大的鼓舞作用。可兒說。

在疫情當中，每一個數目字，就是一具活生生的生命；

在我們幾千年的悠久歷史中，我們祖先鑄造的每一個方形字，就是流動的血，充滿熱量、正能量和鼓舞力量的有形符號！就是無形的人類文明精神的象征！

可兒無味地將一頓飯吃完，趕緊再回到書房。

她將那篇文章用手機順利成功地發出了。她的電腦還是一動不動，她只好刷手機，看到她網站列表裡抗疫專號已經發表到二百零八篇，不禁大為欣慰。而支持她、提供文章給她的或她自己精選的文章作者，來自五湖四海，多達一百九十八位，文筆都非常出色！疫情主題，影響巨大。大主題下，分門別類，內容豐富，計有各國抗疫感人故事、各國疫情報道、最美逆行者、疫情中最感動我的一件事、愛在瘟疫蔓延時、疫情論壇、抗疫我見、抗疫知識、醫護小品，各國日記連載或精選（這最受歡迎的欄目下又有紐約日記、洛杉磯日記、倫敦日記、巴黎日記、巴塞隆納日記、加拿大日記、新加坡日記、吉隆坡日記、雅加達日記、泗水日記、曼谷日記、香港日記、等等），琳琊滿目，精彩紛呈……當然，日記有好有劣，可兒心目中是有一把秤來衡量的，病毒令人類死亡不少，至少以幾百萬計，已經夠悲慘了，文字最重要的是鼓舞大家樂觀堅強面對疫情，能好好活著啊！

今晚，一位網友、粉絲告訴她，有機構要舉辦全球最佳十大華人抗疫網絡評選，她會發動網友和讀者支持，估計有望入選，她還說：

抗疫，不能僅靠物資，靠口罩、消毒液、護目鏡、防護服等就足夠了，還需要文字和輿論，這些無形的精神力量，讓人們感動、互助、看到希望，產生勇氣，樂觀堅強，克服困難活下去！

今晚，可兒渾身激動，又是一個不眠夜。

病毒捕手

你認識芸芸嗎？也許見過。

以前，芸芸是被「潔癖」污名化的，一直到新冠肺炎病毒在全球大爆發，才徹底翻身，被一個大社團選為理事會裡的衛生部長。以前的各類組織哪裡有這類職務？最受歡迎的是旅遊部長和福利部長。稱呼「部長」未免太大，一般都叫「委員」而已。但這社團夠大，此其一；社團有各種「部」，既然有「部」，那稱呼「部長」也就順理成章了。

芸芸以前被譏為有病態潔癖，並沒生氣，只是稍微反駁說，我有沒有二十四小時手拿著抹布？我有沒有從早到晚洗手洗個不停？我只是愛清潔，人愛乾淨，我只是喜歡購買和存備消毒用品和清潔用品而已。

那時，誰都不會想到有一日，形勢大逆轉。

有一次，她請了五六位校友到她家吃飯，就讓大家眼界大開，她給每一個人準備了一雙拖鞋，對大家說，鞋剛剛洗過，你們放心穿；大家脫了鞋，她就將六雙鞋逐一翻到鞋底，用消毒液噴；吃飯前，請大家洗手才入座。

校友們飯畢，坐在沙發上聊天。芸芸說，最近很忙，家裡很亂，我只是匆匆忙忙吸塵和拖了地板一下，不好意思。一位校友說，媽呀！這還叫亂？妳家的木地板，已經可以看到人影了。如果太古城的溜冰場執笠，妳家就是現成的小溜冰場！

芸芸的先生保保讓太太陪大家說話，獨個兒在廚房洗碗，兩個校友走到廚房搶著想代勞，發現了敞開門的廚房吊櫃裡，密密麻麻排列著至少五六十種五顏六色的、高低不同的瓶瓶罐罐，排得好整齊，於是齊聲問，那麼多，是什麼呀？保保答說，我老婆的寶貝。芸芸聞聲，從客廳走過來，臉帶笑容，伸手取下，一一介紹：

這是蟑螂剋星。這是專門對付蚊子蒼蠅的。這是去污的，什麼都合適。這是專洗碗用的。這是專門噴玻璃的。這是處理衣服上的污點的。這是洗衣時放的。這是擦木質品用的。這是搓手液。這是消毒鞋子、衣服用的……

天啊！芸芸如數家珍，聽得大家都傻了。

客廳裡的人聽到廚房裡的對話，都走過來，紛紛驚歎，哇！芸芸，妳都可以搞批發了。

芸芸說，廚房這些還是樣本，真正的存貨藏在洗手間呢。

芸芸還從廚房一角搬出從印尼、金門帶回的松果、旅遊時購買的木塊、小島買的蚊香等各種奇奇怪怪的東西，逐一告訴大家它們可以分別對付什麼害蟲。

你信不信，這還是遠在疫情爆發前，芸芸平日的故事。

數年來，「潔癖」的稱呼於是如影隨形伴隨著她，一直到COVID-19爆發。

清晨，一隻蟑螂飛過，停留在櫥櫃門上，正好給芸芸看到。

保保，快拿舊報紙給我，芸芸說。保保照辦，遞給她。芸芸一邊將報紙抽出兩大版，折成十釐米寬，一邊說，報紙不能折得太細，反而不夠。你這人真沒卵用！

不是沒卵用。我可以打，就是沒有一次打準，都讓牠們跑掉。妳是害蟲煞星，病毒捕手，沒得說的！穩、准、狠！所以還是由妳打好！

老婆給贊得笑哈哈渾身爽，說，所以你就是沒卵用嘛。

我那裡是沒卵用？我都不怕壞人。還記得當年X國暴亂，我們在馬路上走，妳害怕，我一點都不怕，還像小鳥依人一樣把妳抱得緊緊的！我只是怕軟體小動物。

說話間，只聽得啪啪清脆的兩聲，蟑螂已經死在芸芸當拍子的廢報紙下。死蟑螂跌進洗碗槽裡，保保小心翼翼地用一張報紙去捏，揉成一團去丟。

芸芸看不慣他那樣慢條斯理，笑道，你就是心太軟，猶豫不決才打不准！告訴你吧！蟑螂家族專家研究至少有四千一百到五千種品種，在家居出現的就有六種，基本上都是帶菌害蟲，對蟑螂決不能手軟！

又有一天，睡房的窗子打開，飛進一隻大蒼蠅，又是芸芸用她的土武器——舊報紙，對小蒼蠅進行了追逐戰，蒼蠅飛來飛去，芸芸不放棄追逐，，結果蒼蠅抵擋不住她的疲勞戰術，又死於她的紙拍下。

一場疫情席捲小島，在消毒、清潔用品短缺的非常時期，芸芸所屬社團有四五百人都獲得了她贈送的消毒系列用品，哪怕會員們攜帶小瓶子來裝的分量是多麼有限；她在群組裡的《勤洗手二十大好處》視頻講座大受歡迎，大部分會員贊她「先知先覺」；她還被譽為「病毒捕手」，在理事會網上選舉時，她獲得滿票，被選為「衛生部長」。

更重要的是，好幾個社團都有人確診了，唯獨她那個社團三個多月零確診。

你認識芸芸嗎？她手裡經常握著一份卷著的報紙，害蟲聞風喪膽。

食咗飯未，紙皮婆婆

十一點後，紅區菜市場依然熱鬧。人聲嘈雜、到處響著街坊熱情的問候聲：

食咗飯未？紙皮婆婆。

食咗飯未，紙皮婆婆？

中午十二點，人流開始疏落的時候，小巷口街坊辦事處一側的轉角小店鋪門口漸漸形成蜿蜿蜒蜒的一條長龍，每個站位都相隔約一米遠，大都是一些七老八十的長者，且以老婆婆為主，每一個人都戴著口罩。

店鋪門口，三個戴著口罩的女義工在忙碌著，一個個飯盒整齊堆得如山高。今天派的是肉餅鹹蛋飯，飯上還配兩條菜心。

一對婆婆在隊伍中說話：

甲婆婆：我們天天相見，有緣！

乙婆婆：有免費午餐，誰都要。

店鋪兩個派飯的義工也在議論：

義工姐姐芊怡：好久沒見那位紙皮婆婆了！最近一個禮拜怎麼沒見她來呀？

義工妹妹小慈：咦！今天早晨我還看到她拉著紙皮在附近過馬路哩。

我在這裡呀！小姐姐！我在這裡呀！

隊伍中有人走出來，一邊大聲喊，一邊向義工倆揮手：車仔我靠在你們鋪頭左邊。

前面排隊的長者們都回過頭來望著這位那麼大聲講話的婆婆。

啊！紙皮婆婆！怎麼差不多有一個禮拜沒見妳來排隊呀？義工姐妹齊聲問。

輪到紙皮婆婆了，義工姐姐們交談幾句，就將兩盒飯盒裝在白色膠袋裡遞給她，但她取出一盒退回。一盒就夠！有免費午餐已經很難得。一盒已夠！留給其他人吧。

紙皮婆婆！留番夜晚食！做嘢辛苦！義工芊怡說，又要將那盒飯硬塞回給紙皮婆婆。

不用呀！你們看！紙皮婆婆指著鋪頭門邊的小推車，車上堆滿了大大小小形狀不一的紙皮和廢紙，約有紙皮婆婆的身高。哇！義工姐姐芊怡點點頭恭喜她，發出會心的微笑，明白紙皮婆婆的意思，今天執拾紙皮有比較好的收穫，可以自食其力，晚飯靠雙手搞掂。她幾次來排隊，都只是領一盒，還三四次地感謝，才慢慢推著小車走。

義工姐姐芊怡目送著紙皮婆婆佝僂蒼老的背影消失在小巷盡頭。

疫情當下，各行生意都一落千丈，不少鋪頭關門，即使開門的，也很少顧客買東西；居家令下，大家少出門，生意既然不好，入貨少，廢紙箱也少了百分之七十，加上僧多粥少，撿拾廢紙皮的婆婆們這一區就有好幾個，唉！義工姐姐芊怡輕輕長歎一口氣。疫情三個多月了，可是仍舊未有遏止的跡象，念及有些底層貧窮的孤獨婆婆溫飽受影響，她所屬的慈善機構就撥出一筆善款，交個她們幾個義工姐妹，一個月前每天負責制作五十到一百盒的簡餐飯，免費供應需要者，獲得長者們的歡迎。當然其中也有一些有子女的，然而分開住了，婆婆們圖方便，省得自己動手煮食而來排隊，也有的真正開不了飯，多領了一盒。姐妹們念及大家年紀那麼大了，再說數量也足夠，也就不願意太嚴格把關。

唯獨紙皮婆婆很特別，要一盒而已，而且不是天天中午來。

下午三四點鐘光景，芊怡約了小慈到一棟至少八十年樓齡的唐樓探望紙皮婆婆。

見到芊怡她們來，小狗搖著尾巴，小貓喵喵地叫。

這些狗貓，是蝦婆走前，囑咐我接她手的「遺產」！紙皮婆婆迎進她們，一邊說。

蝦婆？芊怡她們坐下，兩張可折疊木圓凳已經很爛了。

蝦婆是我撿紙皮的伴，撿了二十年，撿到八十歲走了。

義工看到紙皮婆婆家徒四壁，簡陋的屋子約僅二十平米，除了一隻小狗和一隻小貓外，空蕩蕩的什麼都無。她的衣物藏在一個骯髒不堪的五格塑膠衣櫃。她們感到一陣心酸。

紙皮婆婆獨居，老伴早就在三十年前逝世，沒有子嗣。

瞭解了紙皮婆婆的情況，義工姐妹心裡難受，最後問她是否有一些存款。

除了棺材本……婆婆搖搖頭。

這樣好不好，我們幫妳申請綜援。妳這樣下去不行的！

紙皮婆婆笑道，錢那麼多幹什麼？我不要！我今年才七十七，蝦婆做到八十上天，我絕對比她健康，再做個五六年絕對沒問題！要不是一場疫情，世道那麼慘，我完全可以自食其力，不用排隊去你們那裡領盒飯。

聽到這裡，芊怡和小慈已經淚奔，兩人輕輕一前一後將紙皮婆婆擁住。

每天十一點後，紙皮婆婆出現在紅區菜市場時，到處都會響著街坊熟人熱情問候聲：

食咗飯未？紙皮婆婆。

食咗飯未，紙皮婆婆？

母女的心願

第二波疫情在島城居民麻痹大意的情況下突襲而來，真有些措手不及。大部分都是輸入個案。

剛剛辦理退休手續才半年的原某家大醫院的林護士長主動請纓，正好補了病房護士長位置的空缺。不過，她那家醫院的新冠肺炎病患者後來全部都分流到比較遠的另一家醫院，女兒雯盈正好在那家醫院當護士，照顧的正是那些新冠確證者。

最初母女倆同住，後來母親擔心女兒上班太遠，同意她暫住同事近醫院家的一個空房。

疫情三月，見面抵萬金。母女上班于兩區，只能發發照片，傳傳視頻，互通電話的時候不時見到的也只是對方隔著大口罩的半個臉孔。

本來是女兒擔心母親的，現在輪到母親擔心女兒。

工作不太緊張的時候，林護士長會在洗手間打字發微信給女兒。

在做什麼？注意保護好自己。每天都在為妳擔心。那種病毒雖然死亡率不高，但很毒的，傳染性很強。已經出現醫護人員被感染的第一個病例，妳一定要萬分留心！

知道了，媽媽，我記住你的話，保護好自己，就是最大的愛媽媽。

是的，阿盈，明白就好！我就妳一根苗，妳健康，我才放心。

女兒雯盈今年二十六歲，在護士學校讀了三年，貌美，身材高挑，脾氣和善，家務事、烹飪，什麼都會。高中畢業，本來要去報考理工科系的，在母親的勸說之下，居然改變了主意，去讀了三年的護士學校。

雯盈自己也沒想到當年會被媽媽說服成功。

往事不如煙，記憶有時是一張痛苦的網，陷進去就會掙扎不出來。

她小六的時候，父親因病去世，臨終前留給她的遺言，就是希望她能和母親一樣，將來做個醫護人員。報考前夕，身為護士長的母親，又提及了前塵往事。

妳爸感激我在他最後的日子裡細心照顧他，使他沒遺憾地走。他希望女兒也像媽媽一樣，護理照顧更多人，給病人最後的溫暖。

這樣震撼人心的勸說具有太強的讓人心悅誠服的力量。

雯盈完全接受，不報理工了，讀了三年的護士學校，還比綜合大學的護士課程學位少了兩年，而且馬上被醫管局轄下的醫院聘用。

任護士長的母親很高興。雖然不在同一家醫院工作，但相同的話題令母女心意相通，甚至情緒的悲喜與共，相契得非常驚奇。

盈女，明天正好妳假期，媽也調休，媽請妳飲茶。

媽，有好消息啊？

明天到酒樓才告訴妳。

在酒樓，沖了茶。盈女將第一壺水倒掉，說洗一洗茶，才又倒第二壺滾燙開水，正好媽媽也把所有筷子碗碟沖洗了一遍。

母親說，前天一位中風病人醫好了大半，出院了。他的親友子女圍滿了床四周，都捧來一蔟蔟鮮花接他出院，護士醫生站在走廊兩列鼓掌歡送他。真開心啊！

女兒說，我們醫院昨天有五位新冠病患者痊癒出院了，病房所有醫護人員都很高興！他們的親屬送來水果啊蛋糕啊一大堆。媽，為了慶祝，週末我休息，再請妳吃自助餐！

當然，最難受的是病人拔管、再沒有任何生命跡象的時候，護士們都會心情低落，圍著床，垂頭默哀幾分鐘，向死者作最後的致意，直至蓋上白布推走。

唉，那一天晚上，沉默的情緒會迅速傳染給另一位，仿佛看得見對方屋子的空曠、淒清和冷寂。另一位也不敢多問，怕共情傷害，一整晚睡不著，影響上班。一直到幾天後心緒平穩了，才慢慢說出那悲情來。

週六，阿盈請媽媽吃自助餐。慶祝五位病人出院的喜事。

林護士長說，有一記者想訪問我們，說母女同一行，很特別，我說，這有什麼奇怪。

自助餐廳經理瞭解她們是醫護人員後，要餐廳的服務員向她們致意，招待得也特別殷勤，讓服務員送了一瓶紅酒，一盒小圓蛋糕表示心意，感謝她們在疫情期間的貢獻。

母女倆談興很高，母親說，有個社會抽樣調查表，要我填，什麼事是你最快樂的？雯盈說，我們護士學校開學那天，也要我們新生填一份表，其中一欄也問：什麼事是你最快樂的？

我們寫在紙上，看看一樣嗎？媽媽說。

很快，寫在兩張小紙上的心願，都寫好了。

媽媽看到女兒寫的是：我最快樂的事，是看見病人病好了，出院回家！

女兒看到媽媽寫的是：我最快樂的事，是看見病人出院回家，病好了！

雯盈歎道，這就奇特了，一字不差！可以叫那記者來採訪了吧。

口罩貓和確診狗

口罩貓和確診狗是鄰居。

雖然不同種類，卻是一對好朋友。

口罩貓和確診狗沒有想到自己也會有變成了口罩貓和確診狗的一天。

當然，新冠疫情未來襲之前，牠們的稱呼沒那麼累贅，牠們直接只叫貓貓和狗狗。

牠們最初如白種人以為新冠病毒只是黃種人會染上一樣，以為新冠只是人類會染上而動物有免疫力，哪裡料到病毒太厲害了，人畜不分，狗有日也會中招。

狗，從初診，進一步確診了。

確診狗入了動物醫院。

貓貓從此正式戴起了口罩，從貓貓變成了口罩貓。

口罩貓鬱鬱寡歡，以前各自主人家遛遛狗溜溜貓的時分，牠們相遇在路上或公園，都會交談幾句，或遠距離微微笑致意，這一來口罩貓踽踽獨行，只能和同類聊幾句。心情非常壓抑和失落。

有天，口罩貓遇到確診狗的哥哥——確診狗哥，談起了在治病中的確診狗弟。

口罩貓問：弟弟病情如何？可好？牠怎麼會感染呢？牠又沒有出遊記錄啊！或有親密接觸者？

確診狗哥搖搖頭，道，雖然沒有出遊記錄，但就是有親密接觸者。我弟也實在太好命了，被收養在大富之家，睡暖之外，還吃香喝辣，女主人每天還擁著睡覺，接受女主人的多次親吻。最近牠的女主人新冠確診了！傳了給牠。

我的天啊！口罩貓聽了驚歎道，原來如此！幸虧我很早就戴起口罩。

狗哥搖搖頭歎息道，以前都是家禽，包括雞、羊、牛、狗、豬等等動物傳播病菌給人類，哪想到有一天也會被人類傳到！

口罩貓說，說得極是。我們的貓族最近都戴起了特製的貓口罩。

狗哥說，目前已經有我們的狗貓族類被病毒感染而死亡的病例。雖然數目還不是太多。但如果不注意防備，難免有一天也會像他們人類一樣，確診者數量一路攀升……

口罩貓點點頭，表示同意。又說，好久沒有一起聚餐了，希望確診狗弟早日康復，我們再一起上餐館好好幹一餐！我吃一碟清蒸「最腥魚」，你們來一頓生煎牛骨酥吧！

哈哈，說得我都流涎三尺長了。確實，我們的女主人也好久沒帶我們出門了。狗哥說。

口罩貓問，狗弟的女主人出院了嗎？

狗哥說，她早出院了。

口罩貓說，實話實說了，這女主人把病傳給狗弟，也是無心之失的，她哪裡知道這一次病毒那麼厲害！她溺愛寵愛我們狗弟，比起那些虐畜的，不知好多少！只是不懂衛生罷了。

狗哥說，剛剛，弟弟發來微信，告知病情大為好轉，前天已經開始康復中，大後天如果沒有大礙，就可以出院了。

口罩貓興奮地掀開口罩，跳了起來，這是好消息，太好了。

狗哥說，我安排好了，他出院的第二天正好是星期天，我一個網紅狗友是搞網購的行銷商，有事約我們茶敘，正好不違反我們狗狗界四隻狗以內的限聚令。OK？

OK！

疫境中的星期天，專以狗貓兩族為主要客源的酒樓，茶客寥寂。

大病初愈的確診狗清瘦不少，只是精神奕奕，倒也讓大家很是欣慰。牠從此除掉了「確診」，恢復「口罩狗」的稱呼，不容歧視。

網紅狗商如此這般說了一番計劃，尤其這個重點很讓大家動容：消息報導已經有近兩百個國家三十幾萬人類因為新冠病毒染病死亡，人類疫情如此嚴重，我們貓狗兩族也無法倖免，如果不是他們的積極抗疫，我們兩族會死亡更多！我們沒有任何貢獻就愧對他們！

網紅狗商繼續說，你們倆都是帥哥帥弟，帶起口罩樣貌更是傻傻的特別好看，我有一個這樣的計劃……

網紅狗商如此這般細說計劃細節，在座的不約而同連聲叫好。

網上很快推出了「口罩貓和口罩狗」的擺設陶瓷，造型滑稽可愛。口罩貓的口罩是藍色的，口罩狗的口罩是橙色的，貓貓身體是暖暖的米黃，而狗狗是白色帶有少許棕色紋，那神情模樣和身形姿態都是以牠們為藍本、按比例縮小製作的。牠們遠遠深情相對看，保持若干距離。陶瓷裝在精緻的紙盒內，還附上一張捐獻證明書，說明書說明出售者除了收回若干成本費外，其他全都捐出給全球人類慈善總會支援抗疫用途。

這樣，所有網購者都對抗疫做出了捐獻。

當然，這也是口罩貓和確診狗的最大心願，他們也算做出了不小貢獻。

如果你購買了一套，你也就成了捐獻者了。

金牌宅家男

久違的文友發來邀請函，邀我出席「八好宅家好男大賽頒獎典禮」，我說疫情還未消除，限聚令還在生效，會不會違法？阿八說，這你就孤陋寡聞了，疫情已經緩和很多了，限聚令也放寬了，只要戴口罩，不算違法！我說，我都不知道，那當然可以了。

他還告訴我一個好消息，他也被通知入圍了！只是還不知道第幾名？

阿八比我小二十來歲，不過體重比我多了三十幾公斤，一個大肚腩又凸又圓，小孩子在他大肚腩下完全可以避雨，體型真不忍目睹。他老婆又矮又小，很不匹配。那天乍一見面，我大吃一驚，八兄的大肚腩神奇地消失了。

宅家幾乎半年，別人多出一個大肚腩，你小弟則相反，減肥成功！那天，在會場上，阿八得意地晃動著他扁平的腹部，得意地自誇！

迷你嬌小的老婆以前見到我一定數落老公如何大懶人一名，這一次向我伸出大拇指。

因為疫情未結束，以前可坐一千人的會場只是半滿，但已經算不少。沒想到的是阿八不但入了圍，而且勇奪了金牌。

看到阿八將大獎盃拿在手裡，高高舉起，然後大力揮動，我呆了。

會後，他們請我到會場附近的咖啡館歎下午茶閒聊，我才聽完了阿八的故事。

疫情不但改變了世界局勢，也改變不少人，阿八就是其中突出的一位。

我認識的阿八，以前是個大肥佬，一個大肚腩，好像男人懷孕；可恨的是他的大男人主義，吃喝睡拉撒，將老婆當比印尼姐姐還不如。母親生前住在妹妹家，他很少去探望；也懶得陪孫子孫女玩。枉說家務了，連吸塵器怎麼用都不知道。以前未退休就藉口看更三班倒沒時間；退休後當替工不過一周最多一兩次，也說沒時間、睡眠不足等等。老婆羨慕鄰邨的龍鳳胎夫婦，說人家的丈夫什麼都做、什麼都會做，我命苦啊！

阿八太太在島城疫情中期就感染病毒，毒量很大，確診入院治療，險情百出，重重打擊和刺激了阿八。生活缺乏自理能力的他，雖然得到住在新界的媳婦的關心和協助，但遠水救不了近火，自己也感覺不好意思，決心改變自己！老婆不在家幾天而已，家凌亂骯髒，堪比狗窩；而自己煎個蛋什麼的竟然也煎燶，媳婦笑他，爸爸，你太依賴媽媽了，只把她當煮飯婆、清潔工！現在你害了自己。自己也該學學一些生活技能了。然後教他幾招。阿八深深感到家務事的瑣碎、辛苦和不容易，感到了老婆大人的不容易。

老婆病情反復，在醫院時間夠長，阿八下決心痛改前非，不再做一個大懶人，他要做一個大好人、大勤人。老婆住院的一個月，他學會了煮飯、約十樣菜式；學會了拖地板、吸塵、洗褪色衣服、曬衣服、折疊衣服，最妙的是每天在家裡來回走約八千步、少肉多菜減飯量。每天看二十頁書，不再熬夜，生活規律，早睡早起，還到兒子媳婦家陪孫子孫女玩。他除了在家步行，還舉啞鈴練肌肉，買了秤每天秤，腰圍從四十四厘米減到了三十二……

為什麼想到參加比賽呢？我問。

那天我偶然經過一家商場，有人在派發這參賽表格，我覺得非常有趣，老婆覺得我現在應該合格了，不妨試試。還答允推薦人就寫她。

八婆嘻嘻笑，情緒很好的樣子，我問，妳嘗過他炒的菜？

不但嘗過，而且覺好幾樣都比我好。家裡地板每天乾淨到幾乎可以照鏡子了。他真正脫胎換骨了。不過，一場疫情，令我差點提前去報到了，代價也太大了！

妳大命不死，必有後福！老公還是一位金牌宅家男！

阿八搶著埋單。八婆對我說，以前他孤寒（吝嗇）鬼，現在也變了！哈哈！

空城百獸高峰會

公元二零二零年六月中旬，地球人類逾七百萬新冠肺炎確診、逾四十萬死亡的數字，極大震動了地球各大森林的百獸們，紛紛奔走相告。

動物們族群眾多、膚色形態相貌都不同，對人類社會發生的大疫情，該持什麼態度？幸災樂禍，還是人道（獸道）同情？為了達成共識，也為了有關議題，決定開一次「百獸高峰論壇」研討一番。

於是有了這一次似乎空前絕後、轟動人類社會的森林百獸群聚大城市的會議。

今年輪值的總幹事是X國的野豬，牠召集了野獸中的十幾位理事，協商開會的地點。

野豬說，我看，這次大會就不需要在森林舉行了，就在城市裡吧？

猴子理事說，那當然，這場大瘟疫，許多大城市的市民都關在家，不准出來了，城市都成為空城了。我們可以一邊遊覽城市一邊開會。

野山羊說，贊成！問題就是選哪一個國家的空城？空城不少啊！

野豬說，我提議就WH市吧？大疫情中，現在可說是最安全的城市了。

猴子反對道，確實是最安全，不過，目前他們已經復工了，所有的馬路都車水馬龍了，到處煙火味了，根本不合適。

經過十位理事的提議。爭論，最後，列出了多座疫情較嚴重而百獸們也朝思暮想見識和遊覽的世界大城市，用表決的方式，決定了空城百獸高峰論壇在WNS市舉行。

W市號稱世界著名水城，昔日最熱鬧的廣場卻在疫情時期渺無人影。擔任接待的是W市的狗狗貓貓，還有大量的海豚。各地大森林的動物們從來沒有到過那樣特別的水城，都嘖嘖稱讚。W城的阿狗阿貓從飛機場載代表們到市區，再分乘多艘小汽艇送代表們到W城廣場。

擔任大會執行主席的W大狗致歡迎詞說：

歡迎大家的到來！我們地球上所有森林幾乎都派代表出席今天這個百獸高峰論壇了！人類的會議了不起只有十幾國，我們則一律平等，有一百國！我們的W市，雖然只有七點八平方公里，但旅遊資源豐富，我們擁有一百一十八個小島，一百七十七條運河，還有四百零一座各種美麗的橋樑，是最多名人到過、也是被寫入文學作品次數最多的地方。可惜，近年海水位不斷上升，其前景堪慮！

來自M國的代表有兩位，一位是狼，一位是浣熊。M狼聽了，插話道，那也好！如果幾十年後真的沉到海底，那也不枉我們這次來見識一下這個名城！

浣熊也附和道，本來可以來我們的N市舉行的，前段時期我和老狼兄在我們N市區大搖大擺走過，哪裡想到上月底街上都是人頭湧湧，幾乎一個多星期了，無法平息！

義工狗和義工貓此時在船上捧出一個大紙箱，問大家口罩夠不夠？交代大家注意，疫情未緩，不能放鬆警惕，不妨帶多幾個放在身邊備用。口罩大受歡迎。

終於，代表們都抵達W市的SMK廣場。

W大狗對大家說，難得疫情封城，昔日熙熙攘攘、密密麻麻都是遊客的廣場除了鴿子外，一個人影都沒有，我們是不需要住在酒店的，在廣場扎營就可以了，如果嫌太熱，也不妨露天睡覺，我們都是裸睡，會很涼爽的！

百獸們一片歡呼。

大家都很興奮，他們活了那麼久，連在森林開會都不安寧，常要被闖進來的獵人追捕射殺，沒命地逃，何曾這樣大搖大擺在城市鬧區走，不但成群結隊遊覽開會，還睡覺啊！

傍晚，歡迎晚宴進行中，有不少宅在高樓大廈屋裡的居民從窗口看森林百獸帶口罩出席歡迎晚宴的熱鬧情景，都看傻了！無不驚恐。

晚宴處於尾聲了。來自Y國的野山羊、來自T國的猴子和來自X國的總幹事大野豬，吃飽了，看到人類在自己的屋裡向窗外探頭探腦的，議論起來了：

野山羊說，沒想到人類也有這樣一天，被全部關進了籠子！

野豬說，是的，我以為一輩子就在野生動物園生活了，那算很好了，他們人類都躲進汽車裡讓我們欣賞，那是可以移動的小籠子。沒想到如今這麼過癮，我們可以走進城市開會！他們封城後，在一定時間內不准出門。

T國猴子說，我們還好，以前偶爾還可以與他們共處！不過像這樣的聚會，我也是首次參加，大開眼界了！

這時候，M國的狼也走上來插話道，我們完全是第一次！

R國的梅花鹿也走過來，搖搖頭歎息道，到現在我還不明白，到底發生了什麼事？怎麼人類都躲起來了。我來之前，同伴還約我們到地鐵參觀呢，人確實少了很多！

W大狗看到大家談興很高，也走過來，發表他的看法，聽說都是蝙蝠闖的禍，散播了病毒！我們也不需要幸災樂禍，看到他們入了大籠子，我們走出大森林，走進空蕩蕩的城市！這一次我們百獸族群雖然只有少量確診，也許大部分對這種新冠病毒有免疫力，以後另類病毒來襲，就很難說了！他們人類死了那麼多，疫苗遲早出來，會好起來的！那麼到時居家令或限聚令解除，最後還是要從家走出來，各地的大街小巷又會滿是人類了！因此，我們還是需要爭取與他們談判的，達成保護環境、和平共處等一系列協議，不要再無端射殺我們，落得連我們生活的森林不安寧、無法生存下去。

浣熊、猴子不約而同地說，說得太好了，我們雖然不怕人類，但也曾經被不公正對待。如果不是人類太貪婪，也不至於今天在各國都被關進大籠子！

海豚從一個有輪的大水池車探頭出聲了，遊客太多太擠，吵得我們游到遠海避難。明天的開幕禮，你們可以看到，我們W城附近海域水變得很清，幾萬隻魚兒會一起跳躍歡舞，我們也有幾百隻海豚會以美妙的探頭跳躍姿態為開幕典禮助慶！

總幹事野豬說，會還沒開，反應已經這麼熱烈了！大家早點休息。明早開幕式要準時，我們要大合影，百獸代表還將乘坐近一百多艘貢多拉繞水城一周！鄭重其事地顯示我們森林百獸的力量！一定會很壯觀。

百獸一夜無舊無眠。也許，經過這次大瘟役，人獸和諧共處新紀元即將開始了。

九霄驚魂記

媽，我感覺有點燒，怎麼辦？

八歲的威威在P市酒店，就要和父母飛回H城。上午十點左右，所有行李都收拾好了。十一時出外吃午餐，之後回酒店退房，約十二時許乘公共汽車到飛機場，就可以搭下午三點的飛機飛回H城。

媽媽摸摸兒子的頭額，嚇了一跳。威威的頭額熱熱的，一定是發燒了。心想，疫情特別時期，入飛機場大堂會量體溫，發熱是肯定不讓上飛機的，那就麻煩了。

媽媽和爸爸如此這般商量了一會。

媽媽此時從旅行時備用的小藥盒取出一粒藥丸，倒了杯溫水，讓威威服下。大約一個多小時後，威威熱度降了。

在飛機場，所有乘客都戴口罩，進出境大堂，門口有人量體溫，威威一家人都放行。但沒想到不久，那熱度又慢慢升上來了。登機閘口撕票處，多了一位再次給旅客量體溫的人。媽媽緊張起來，和爸爸商量，又讓威威服了半粒退燒藥，要不被禁上機，那就很麻煩了。

威威順利過關。

在飛機上，乘客不太滿，坐得很疏。幾乎所有乘客都戴口罩了。媽媽想，很可惜，昔日可以好好欣賞的空姐的漂亮面孔，都被一片口罩遮了去。

空姐派口罩，每人一片供備用；還為了協助遊客今後更好地抗疫，在飛機上優惠出售每盒五十片裝的優質口罩。照說價格不貴，所有乘客都買了，唯獨威威一家三口沒買。這引起了空姐安妮的注意。

一會，威威打開口罩，安妮以為他沉不住氣了，剛要阻止，威威媽媽請求說，小兒子今天生日，我們買了一塊小蛋糕給他，就讓他吃吧。

安妮一看，蛋糕是那種普通的小長方形蛋糕，只夠一個人的份，有點驚奇。威威媽媽看空姐驚訝的表情，馬上說，我們來不及買，委屈小兒子了。安妮看到威威將蛋糕各挖了一個小角往他爸媽嘴裡送，意思意思，這種寒酸模樣，她不忍目睹，趕緊別過臉走過去。

飛行時間的中途，廣播說，現在需要量體溫，希望大家配合。

威威爸媽沒想到在飛機上竟然也要量體溫，真是過了一關又一關。她看到幾個空姐是從商務艙那裡量起，趕緊摸摸威威的額頭，發覺他又恢復了先前在酒店的熱度。也許半粒退燒藥的藥效早就過了。現在馬上再服，肯定過不了空姐的關。她和威威他爸一時就慌了神，怎麼辦？威威怎麼會無緣無故地發燒呢？這沒錯恰恰就是新冠肺炎病毒感染的重要症狀啊。萬一威威發燒，就要被海關人員帶往特設的臨時地點進一步測試，一旦深喉唾液樣本呈陽性，飛機全機的人就得在家裡隔離十四天不准出門，那問題就大了，威威媽媽急得流淚。威威看到媽媽哭，爸爸一時六神無主，也跟著哭起來了，一抽一抽的。

一位空姐量完威威前面的乘客，給威威量，見到他在哭，就問他媽，為什麼哭啦？威威媽說，他是有點燒吧？害怕要隔離。空姐看體溫計，點點頭，37度8，是發燒了。這時空姐安妮走過來，兩人背轉身商量了幾句，似乎達成了共識。

飛機上的乘客都很敏感，見到最後位置的威威在哭，不少人站起來往後張望，都知道飛機上出現了「疑似感染者」，一時緊張起來。

這時，安妮走到商務艙和經濟艙交界的前面通道，對大家說：

各位乘客先生女士，我們飛機上有小朋友發燒，大家千萬不要緊張！發燒不是新冠肺炎的唯一症狀，流感也會引起發燒的。需要進一步測試，就可以初步確定了。即使真的是新冠確診，大家也不要緊張，先行在家隔離十四天。只要醫療得法，新冠是可以治好的！為了鼓勵小朋友，今天恰好是他的生日，我們每人自願地出點小錢，讓他回到自己的家後，買一個大蛋糕祝賀他，好不好啊？

安妮的話溫柔悅耳，又有無法抗拒的煽動力，湊起的小錢，有二十元的、五十元的、一百元的，幾乎是十個生日大蛋糕的錢了。安妮交到威威媽媽手上時，媽媽抹淚感激，想起了他們首次帶小兒子出遊，一家住租金最便宜的連鎖酒店小房間，吃最經濟的簡餐，搭公交車，有些公園入園費太貴他們放棄了。為了滿足威威第一次搭飛機的願望，能省的都省了。

過海關，威威發燒沒退，一家人被安排到指定地方測試，大約第三天，被醫管局通知樣本都呈陰性。大家鬆了一口氣。

同機的乘客包括所有機組人員，禁足幾日，都被通知解禁，可以自由出門或工作了。有電郵的，都收到了來自航空公司轉達的威威的謝意。

安妮收到九歲威威的一張又大又漂亮的謝咭。上面寫：

漂亮的安妮姐姐：

我沒有患新冠，只是患流感。看了醫生，在家吃藥、休息，已經好了！謝謝姐姐為我做的一切！希望下回還有機會坐上安妮姐姐做空姐的飛機！威威

動物園的不眠夜

我任職小島這一家全島最大的動物園已經二十餘年，從來沒遇見那樣震撼我心的事。週末晚上八點多，剛剛吃過晚飯，我正要從辦公室走回宿舍，飼養員阿曼索突然跑進來報告：舒園長，舒園長，不好了！什麼事？什麼事？老虎沖出鐵籠傷人了？不是。示威遊行了！不要大驚小怪，這年代不暴亂已經阿彌陀佛！

園外有五六百人的遊行隊伍，從市區走來，現在繞動物園外一周。

我迅速爬上園內的水塔，登高望遠，不禁大吃一驚，遊行隊伍蜿蜒開去，猶如放大的火圈，幾乎將整個動物園圍個滴水不漏，一時之間緊張起來。

他們攜帶武器嗎？我問。

隨我爬上來的阿曼索哈哈大笑說，你看看他們的面孔身高，再看看他們手上拿著什麼？

我仔細一看，那是火把，每個人手上都握住火把，看來是電動的；遊行者面目很嫩，身高幾乎都只是及我們腰部，除了隊伍中帶頭的十幾個大人外，顯然都是本地的小學生！他們舉著的標語和所喊的口號大致是——

救救動物！堅決反對動物園關閉！

堅決反對殺老弱動物、殺梅花鹿給獅虎當食物！堅決反對剝奪兒童娛樂的權利！

全市動員起來，支持動物渡過饑餓難關！

口號聲此起彼落，一浪高過一浪，看得我目瞪口呆，眼睛微微潮濕。

我回辦公室，坐在大班椅上思潮起伏。疫情已蔓延了幾個月，餐廳、旅行社、迷你戲院倒了不知多少家，連動物園也概莫能外。世界上十幾個國家都如此，六十家大大小小動物園就解散、關閉了十幾家。它們最初只是暫時關門一段時間，沒想到重開後依然沒有人參觀，門票、餐廳、紀念品、園內各種娛樂設施都零收入，無法維持，最後處理方式也夠殘忍壯烈，將那些老弱、沒有生育能力的草食動物，如牛、羊、梅花鹿一律屠宰，作為雄獅猛虎惡豹的盤中美食！然後拍賣牠們，加盟其他動物園，賣的錢作為員工的遣散費。

我們這區的動物園，儲備的動物食物只夠一個多星期。我們最後的打算是參考他園的做法，但也想看看能否渡過危厄，將我們動物園從永遠關門的危機中挽救過來？飼養主任阿曼索說，整個動物園平均每天要消耗的肉類至少六十公斤，單單老虎就要五公斤，疫情來到，減到四公斤；水果整園需要消耗四百公斤。我們園內動物多達八百多隻，鼎盛時期，每天都有兩三千人參觀，週末五千到一萬人，假日更多，約一兩萬人。參觀的人多的時候，我們每個月可以賺五六十萬港幣啊。疫情到來，員工裁員，不少動物吃的減少，瘦得見骨，下來就要進行殘酷的「弱肉強食」，對數量太多的草食動物進行「獸道毀滅」……

最糟糕和緊急的是，全園飼養動物的食物庫存，已經不到一星期了！

時分已經是午夜十二點，我電召阿曼索過來。

我問：小學生怎麼知道我們動物園的決定，報紙、網路都還沒報導啊。

估計是被裁員的員工傳出去的，有不少老師也不滿我們區唯一的動物園即將關門，學校少了讓學生認識動物的現場教育陣地，再說家長也少了「假日親子共遊樂」的娛樂場所，也大力支持兒女們的反對行動。

遊行隊伍散了嗎？我看看手錶，午夜一點了，外面還是聲音嘈雜。

午夜兩點結束。明天還有一場。後天也有，接連抗議三天。

啊，我頭都大了。

明後天小學老師、家長都會參加，遊行的人估計增加到千餘人。

第二天、第三天確實規模更大。第三天午夜遊行結束前，我代表動物園的立場，站在水塔上，用廣播喇叭發表了《挽救動物園的決心》的回覆，獲得齊聲鼓掌喝彩。

午夜三點，我和阿曼索將園內二十幾位員工召集起來開會，集思廣益商量對策。大家的意見是分頭聯絡全市的餐廳、超市和肉品加工廠，爭取他們的救濟；動物園在網路上、紙質媒體上刊登歡迎募捐、徵集可供動物吃的農產品、水果……的啟事。

第五天凌晨六點多，我還在與周公糾纏得難分難解，手機聲響，是阿曼索：舒園長，快來一號庫和二號庫看，不得了哇！我不知發生何事，匆匆換好衣服就走。

阿曼索已經在那裡等候，開門讓我看，哇，一個小儲存庫，香蕉、蘿蔔、青草、各種水果、花生……堆滿了一個倉庫；再到二號冷凍庫看，各種肉類也堆積如山。原來，我們城小學生示威、反對動物園關門的新聞成了全國頭條。小學生家在農村的，都要爸媽捐獻農作物；家在城市的，則募捐善款；超市、餐廳等顧客都儘量將肉類捐出來。那可以維持多久呢？我問阿曼索。他答，大略統計了一下，三個月已經沒問題！

今夜，也許又是個不眠之夜？但我太開心了。十點就入眠，仿彿看到在夢中，動物們排著隊向小學生鞠躬致謝，接著牽起手來跳舞大狂歡……

窗口的小女生

誰也沒想到，疫情會有連續二十幾天短暫清零的時刻。

既然剛剛公佈了各幼稚園可以在六七月份任何一日複課，陳村幼愛仁心幼稚園校方緊急開會，決定高中低班全部過兩天也即下星期一複課，高班A B兩班舉行畢業典禮。

兩班班主任在副手的協助下，逐一通知了所有家長。一方面致歉，因為一向的畢業典禮都隆重其事，租用外面有影響的演藝舞臺舉行，這次因為疫情，只能因陋就簡，在校內的小舞臺舉行，拍拍照就算完成；其次，是希望不要缺席，機會難得，最怕疫情突然殺個回馬槍，再延後的話已經沒有退路了。

* * * *

A班副手打完電話，對班主任袁老師說，除了施施家沒人接電話，都打完了！都出席！

施施怎麼回事?袁主任問。

不清楚,我再多打幾次吧,副手說。一天內,袁主任和副手先後打,都沒有人接電話。

袁主任決定在副手的陪伴下到施施家探個究竟。

施施家距學校不太遠,但也有約一公里路程。A班的學生大都住在這個陳村,所住的都是村屋,有的只是平房,有的有二樓、三樓,施施家是兩層式的、單獨一棟的屋子,兩邊是整幅大牆,客廳有很明亮的窗。

袁老師按鈴,裡屋傳出女人的聲音,誰啊?我們是施施的班主任。

妳們不要進來!妳們不要進來!女子驚慌的聲音,你們在外面空地上等我,我就來!

袁主任和副手轉身退到外面的空地上,一會,一個約莫三十六七歲模樣、自稱是施施媽咪的少婦走出來。袁主任道明來意。

啊!畢業典禮?施施不能參加!真可惜!施施媽說。

為什麼呢?

八九天前施施發燒,檢測呈陽性,確診新冠肺炎,當時馬上住了院治療,病情雖然轉好,昨天出院,但還需要在家隔離,不可出門!啊!原來如此!

施施是全班最漂亮可愛、也是最聰明、活潑大方、會愛護照顧同學的小女生,上學的日子，每天清晨，見到班主任，都會和其他兩位要好的同學將她擁抱住。她們身高只是齊到她腰部，抱只是抱到她大腿，令她寸步難行，苦笑不得，但也為六七歲的孩子如此純真、懂得敬愛師長而感動不已！

我們很想施施，進去看看她，可好？

你們戴了口罩也不行的，這是醫生的吩咐。施施媽咪說，這樣啊，我讓她走到窗口給妳們看看！好！

小──施！小──施！

施施媽往自己家窗口大喊。很快，戴著口罩和鴨舌帽的小施出現在視窗，她似乎站在小小凳子上，有大半個身子露出窗口，拼命向老師揮手。兩位老師也激動地向她揮手致意。

我要參加畢業典禮──小施施大喊。

……咦？施施怎麼這樣快知道了？袁老師內心嘀咕，一定是她同學打電話告訴她了。怎麼辦？她在隔離中啊。袁老師沒回答施施，雙眼一時間盈滿了淚水。

最後還是說了，好的，好的，袁老師一邊敷衍地大喊，一邊回頭仰望二樓窗口的小施施，她依然不願意離去，再次喊著「我要參加畢業典禮──」那稚嫩純真熱烈的聲音在村屋周圍的樹梢間震盪和迴響，袁主任心裡真不好受。她再次回頭，看到施施家那幅大牆上，站在那窗口的施施，配以屋前屋後的樹木，酷似一幅美麗、永恆的圖畫。忽然想到了什麼。

畢業典禮那天早晨約八點半，由袁主任帶隊，校長、副手和兩位課任老師參加，還有同學中兄姐裡的兩位任喇叭手，兩位鑼鼓手加入、壯聲勢，二十九位男女生排著整齊隊伍，浩浩蕩蕩來到施施家樓下空地上。

大家集合在施施家外牆下，排成三排。

九點，畢業典禮開始，校長致辭後，袁班主任發言說，今天的畢業典禮，非常重要，紀念照一個也不能少，因為小施施生病隔離在家，不能到學校，所以全班來到施施家外空地上，我們祝福施施早日康復！請施施站好位置——

大家回頭，看到施施早就站在二樓窗口，戴著口罩，微笑著與大家揮手，全班同學也開心地揮手，齊聲喊，施施早日康復！

好！大家看鏡頭，再來一張，最後一張！攝影師說。

A班畢業紀念照上，施施站在她家二樓右上角的窗口，與窗下的全班同學完美合影，全班師生實現了一個也不能少的決心，施施也滿足了參加畢業典禮的心願。

照片非常珍貴，刊登在各大報上。

走出愁 雲山外

難道仁風山和當年的雄風花園一樣，成為逃不脫大瘟疫病毒的宿命？

二零零三年非典時期，雄風花園幾乎整座大廈被病毒侵蝕，倒下的人無數，如今，區住客談「山」色變，都不敢說自己是住在仁風山的。仁風山竟成了愁雲山？

獨居的華姨斜對面住著獨居的金伯。華姨滿頭銀髮，猶如一頂白氈帽；金伯幾乎無髮，拄著三腳拐杖。華姨差一歲六十，金伯差一歲七十。

疫情來襲前，彼此進出都會打個面照，也都喜歡到附近廣場或小公園看師奶們跳廣場舞或男女長者打太極、舞劍。他們差不多都在上午十點一刻、下午五點一刻下樓，有時自己也做些簡單肢體動作，雖僅打招呼，沒有交談，習慣了，若不見對方影蹤，都會若有所失。中午，金伯上酒樓，早午餐一起解決，離開時還常叫一盅菜心肉餅飯之類帶回家當晚餐；華姨則回家。

一天，金伯見華姨兩天沒蹤影，先是掛念，後感詫異，中午，忍不住去敲華姨家門，看到華姨開個小門縫問，誰？

金伯我。怎麼？不舒服？

我拉肚子兩天了。

我有特效藥。金伯回家拿了幾瓶五塔牌行軍散，還帶了酒樓買回家的一籠叉燒包和荷葉飯過來。金伯將一小罐行軍散用牙籤挖出來，混合少許溫水讓華姨喝了，還說，保證好！有胃口吃點東西。看到華姨屋裡整理得那樣整齊乾淨，金伯羨慕，還胡思亂想一番。

金伯告辭，華姨從此記住他的恩。那藥也果真管用，她不再拉稀，胃口也馬上恢復，一個叉燒包、一小包還溫熱的荷葉飯很快變成了腹中物。

這次疫情來勢洶洶，他們這一帶成為重災區。確診日增，觸目驚心。

這區唯一的酒樓，天天密密麻麻地坐滿。確診兩三人的時候，金伯依然不怕，天天上樓歎茶。華姨看到電視新聞，知道他們這區天天都有確診者送院，害怕得躲在家；只是每天會準時在上午十點一刻靜悄悄打開小門縫，看金伯是否出門了。此區一家護老院外，就屬酒樓最高危。

整整三天，這斜對面的金伯不知死活，還是上酒樓歎世界，看他一拐一拐地走，顯見是一位長期病患者。

華姨心想，他雖幫過我一次，但咱非親非故，我又何必操心？

華姨在擔驚受怕和猶豫不決中度過。

下午她坐在自家破沙發上收看四點半的交代新冠肺炎最新情況電視節目，報告說確診者又增八位，專家分析與這區長者喜到酒樓飲茶聚談有關。茶客密集，傳播病毒快……華姨下了決心，明早我要阻止他！

次晨她守候門邊，十點一刻，她的眼睛從自家門縫注視金伯的家門，可十點半都過了，不見動靜，華姨趕緊戴上口罩，走到斜對面，按鈴，按了七八次約十分鐘，依然靜寂。這死鬼，不怕死！一定又去了！也許他什麼新聞都沒看，都不知道危險臨到頭上。

華姨疾步走進那酒樓，見到金伯在裡面一張獨人小枱優哉遊哉。她沖進去說，金伯！有重要事，我們走！金伯愕然，匆匆埋單跟華姨走。

什麼事？

還什麼事？

一天確診八九個！你不怕死？你今年至多七十，不值！

至此，金伯才恍然，也感動，這個女鄰居原來在關心自己。

兩人談天，不覺兩個小時流逝了，漸漸熟路起來。

這樣吧，阿伯，明天起酒樓你就不要去了，我家雪櫃裡的肉菜儲存夠兩人吃半個月。我每天中午煮好飯餸，帶過來我們一起吃。等疫情緩解你再出門吧。

金伯感激不盡，硬硬將五百元塞進華姨的手提布袋裡。

從此華姨每天中午煮好，都帶過去，兩老就在金伯家一起吃。言談中彼此瞭解，金伯老婆走了十幾年，華姨丈夫死了七八年。

金伯走去廚房洗碗時，坐在他床沿的華姨無意間看到金伯枕頭下露出雜誌一角，好奇之下拉出一看，竟滿是穿比堅尼女性和裸女的照片，趕緊又塞進去，幾聲唉唉地歎氣，搖搖頭，憐憫起他來。

金伯洗好碗，華姨一本正色地問他，沒碰女人十幾年了吧？

金伯支支吾吾，滿臉通紅，估計她查到了什麼。

華姨說，我雖然不很老，也算是一棵老木瓜樹了，樹上吊著兩個已經老垂的軟木瓜，我都無所謂了。今晚吃過飯，如果你不嫌棄，我就不回家了，整個人就交給你。

金伯說，謝謝、謝謝，我們能互相照顧我已經算多活了一次，這這……金伯走過去，伏在華姨懷中，像孩子一樣哭泣起來。

日子，因你活著而美

每天，那位形影相弔、看來約快八旬的長者就會在附近斜坡上的一家護老院窗外出現。他倚在第九個玻璃窗外，面向室內，專注良久，偶然會微微向裡面揮手，嘴角顫抖幾下，露出一絲微笑。

這家護老院毗鄰小公園，是一長列平房，兩端有門，平房中間是二十來扇窗口，一個窗口就代表一個房間，不過，靠窗這一邊是供院內工作人員走動的長廊，床鋪在最靠裡一邊，房間沒有門，只用活動布簾拉動，房間和房間之間的木隔板沒有到頂。

護老院門口豎立著一個大木板牌，寫著「閒人免進」四個大字。

老人戴著大口罩，老花眼鏡，綠色大草帽，背一個小背包，腳踩在綠草地上，在第九號窗口站著望向裡面，很久很久。

毗鄰護老院的小公園一對六七十歲的夫婦已經好幾天看到他如此，議論開來：

老婆說，本來每天都是他進去看他老婆的，自從這家護老院內有人確診送院，整個院的長者都隔離不准外出，外人也一律不得進入。

老公說，這個伯伯是……？

老婆說，我們屋邨B座的，比他小好幾歲的老婆，一年前患上輕度癡呆症，老公以前一直依賴老婆照顧，這一下慌了手腳，情急之下，把她送進了護老院，他就天天進院探望她。

沒有子女嗎？

沒有。唉，慘。

每天，八旬長者吃過早餐，約十點就會來到，像站崗一樣，幾乎準時守候在第九號窗外。有時，老婆未醒，他就在窗外欣賞著她的睡容，雖然那張老臉已經鐵軌滿布，魚尾紋在兩邊眼角交歡，她在睡夢裡的笑，在他看來依然像幼嬰那樣可愛。也許有默契，加上鬧鐘的催促，窗裡的她總是他來不久就幸福地醒來了，窗外的他會向她豎起一個大拇指，行一個軍禮代表早安。然後，他又開心地欣賞著她吃早餐的樣子。老婆活著真好，他日子的每一分鐘都不白過。

老婆有點不良于行，眼睛昏花，視力欠好，儘管他們之間有玻璃隔住，姑娘擔心玻璃四邊有空隙，因此也不讓老婆婆太貼近玻璃窗。不過，看對方口型，他們還是知道彼此在說什麼的。

這天，雨飄飄灑灑的，如絲如粉，上次坐在木長椅上的那對老夫婦又來了，見無處躲雨，男的撐起了傘。

老婆說，看到了沒有？老伯伯又來了。

他風雨無阻，天天準時來第九號窗口報到！老公感歎不已。

他下午回家睡一會，每天大約四點，自己又會來一次，從窗口探望他的太太。我算了一下，有差不多十天了。

都說男人心粗，言行不一，我看他是鐵漢柔情，對老伴癡心得很哩。

是的，不能一概而論。咦，那位戴米黃色大草帽的人是誰？

可能是他朋友吧。

有天，他與一位身形和他相若的、戴著米黃色草帽的長者朋友飲茶，之後下午，他與他到九號窗口看老婆，老婆睡了。每天能遠遠看到室內老伴的臉，他會一整天開心不已，活得有勁，夜晚睡得甜，夢裡的老臉也是笑的。他希望疫情過後，老伴能慢慢鍛煉，認知力也恢復，腳力加強，這樣，他們就可以到不遠的幾個古鎮做個四天三日遊。

次晨他起床覺得不妙，感覺身體發熱，自己量了一下，三十七度六，他吃了一驚。本想熱度可以自己退，沒料到一直持續到午後，還是三十七度六。他轉告了戴米黃色大草帽的朋友，就匆匆搭的士去公立醫院急診室了。

他確診了，留醫，一直到病情轉差、惡化，沒能再回來。

幾天沒見九號窗口的守候人，小公園裡的老夫婦很是牽掛，且有一種不祥的預感。

但第三天第九號視窗已經有人站著了，戴著大口罩，老花眼鏡，背著一個小背包，大草帽壓得低低的，腳踩在綠草地上，望向裡面，很久很久。也帶了牛肉腸粉，托姑娘帶進去。天天風雨無阻。

公園老夫婦議論著。

老公說，明明消息報導護老院某老婦的丈夫確診逝世了好幾天，難道他的靈魂依然來天天守候她老婆？

老婆說，你沒注意到他的大草帽是米黃色的嗎？

這位忠於朋友的戴米黃色大草帽朋友一直到護老院朋友老婆確診、送院（幾天後死亡）後的那天才不再出現。

公園老夫婦一陣失落，也從此在公園失去影蹤，轉到海濱散步了。

我會在老地方等你

這是朋友甘夫婦的故事，真姓名全部隱去。

話說甘先生和老伴健康大抵不錯，所謂不錯，指的是體內五臟六腑還沒生銹，可惜畢竟是坐七望八的人，都有機器老化：老甘腦子遲鈍健忘，兩隻眼睛一隻一千度，一隻八百度。不再訓練的話，有癡呆之憂；甘太太左腿膝部有骨刺，走路猶如鐘擺左右搖曳，靠拐杖走得吃力。

那日清晨七點半。老甘按醫院預約，要上醫院做腦部訓練。甘太太堅持要陪，老甘可憐老伴會被腿疼弄得滿頭大汗，堅決不給。我會自己多注意。老甘說。

萬一出什麼問題，就打電話或發短訊，老伴說，我馬上乘車趕過去，會在老地方等你。說完，才繼續睡下去。。

老甘因為疫情，與醫院的約定一退再退，前前後後已經宅家快四個月。首次出門，帶備消毒藥水；怕熱，著孖煙囪及膝褲和扣鈕短袖襯衫。帽子口罩雨傘拐杖小書背包齊全。

上地鐵，上班的人很多，他怕吊環和抓杠有細菌，不敢抓，只是兩腿張開些做紮馬步，焉知太久沒搭地鐵，已不習慣，車一開，他馬上跌個倒栽蔥嘴啃泥，惹起左右幾個垂胸肥臀圓肚腩的師奶掩著嘴咪咪笑。幸虧疼的是有少許肉的屁股，到了轉車站，他一手撫摸著受傷的臀走出車廂。

轉車排隊搭電梯，有好幾個男人頻頻回頭看著他，上下打量；走出升降機，走在大堂，又有幾個人盯著他看，不過，這一次是女的，看的是他的下半身，又是交頭接耳的。他低頭看看自己身上的衣褲，好好的呀，看不出有什麼不妥。他在內心裡狠狠罵道，看什麼看！

到站，他在地鐵大堂搓手液，出站，三急緊逼，他如一只喪家之犬找廁所，天可憐見，赫然看到一座街市大廈就在十幾步遠，他三步並兩步、連走帶跑，穿過濕漉漉的賣魚蝦海鮮的攤檔地，看到廁所標誌，大喜，沖了進去，但不見有站立式的小便盆，看到三格有門的，用力推開其中一格，裡面發出女聲尖利的驚叫——

麻甩佬要，麻甩佬呀！（注：粵語，指男人或猥瑣好色的男人。）

老甘在模糊中只看到一個穿花衣服、燙髮、塗口紅的婦人，坐在馬桶上，大驚，還來不及分清怎麼一回事，虛掩的廁所門已經被她大力一推，他狼狽地逃出女廁所。驚回首，才看清自己尿急眼花之下進錯女廁。

看看手錶，醫院快到，但時間還有四十五分鐘，需要穿過一個大商場，不如在這裡逛一下？老甘想。幸虧不少商店開得早。他進了一家標榜「買一送二」的服裝店，看到一面落地長鏡，記起一路上男男女女打量他還譏笑夾帶議論紛紛的表情很不爽，就走過去，站在那面鏡子前觀察自己。從頭看到腳，不看則已，一看簡直要鑽進地洞裡去。原來，上衣扣錯了一顆紐扣，衣服嚴重地左低右高；褲子要害處的拉鍊竟然沒拉上，裡面的深藍色內褲還露出一角，與他的灰白外短褲形成鮮明的對照。這還好補救；最慘的是鞋子雖然都是黑色的，但一隻是黑布鞋，一隻是黑皮鞋。這一錯釀成的是大錯，腳已經走了萬千里外。唉！慘！他馬上再進廁所，將紐扣和拉鍊糾正好。

想到一路的洋相出盡，他暗暗祝願自己不要再有什麼糗事了！可是，走出商場，進入公園，正當他躲在一個樹蔭深處，除下口罩，取出一隻手帕要抹滿臉的汗水時，才竟然發現眼鏡不見了！他書包內、上下衣袋檢查光了，都沒有；他站在商場，呆若木雞，開始回憶來路經過的所有地方：升降機、地鐵、街市、商場、服裝店……哪裡動過臉部？那麼是在車廂跌倒、眼鏡脫落？沒發覺呀！可能忘記戴了？馬上用手機發短訊給老婆，問她自己是否忘記、放在家了，好快，老婆發了一張眼鏡圖給他，終於松了一口氣。

他繼續往前走，心想，上次自己踩碎一副價值一千多元的眼鏡，老婆給他配了兩千元的，為的是讓他小心，懂得珍惜。好在沒出事。

在公園出口處，他掏上衣口袋，想掏一小包酒精濕紙來擦擦手機時，才又發現八達通沒找到。這一次是真的了！可能跌在什麼地方？他已經遺失過兩次，報失很麻煩的。他只好再發短訊給老婆。她回復：你一直走，我已經在老地方等你，醫院大樓樓下小巴站。

那麼快？我就是不放心你呀。

我的眼鏡和另一隻皮鞋呢？

不必你說，早就帶了。……

老甘看到老婆了，抓住一根拐杖在小巴站望著他。他走上去。

甘太問，還有什麼不見？東丟西丟的。

就是八達通。

老婆抓住老甘握住八達通的手說，這是什麼？以後口袋最好放一張我的照片。就怕連老婆都會忘記。

老甘說，除了妳，真的什麼都會忘！

拍掌

島城的疫情起伏不定，一直罕有零確診。老高想，如果從一月二十二日他們第一次戴口罩算起到七月份，島城的瘟疫已經蔓延七個多月了。從當初的口罩奇缺到氾濫成災，從病逝者很少到死亡逾百人，島城的疫情恐怕會持續一兩年。公婆倆守著一個只有四平米大、疫境中一周才開一次門的油畫廊。平時不靠賣行貨油畫吃飯，畫畫純粹是老高的興趣，高太太在畫廊裡浸淫日久，也變成一位「不會畫畫也會品」的藝術中人。他們靠吃老本生存，連棺材本都有了。

我們不能這樣下去了，老高說，七個多月就是兩百多天，無所事事，白白浪費掉了。我們實實在在做點事吧！我們也該改變改變了，每天有八小時同床睡眠已經很足夠，我們必須減少在客廳一起閒聊的時段，最好同屋不見面，爭取多做點自己的事，好嗎？

高太太馬上贊成道，這樣好！我要做點南洋糕點來託人賣！

老高則說，我也可以再畫多一點，爭取訂單。我們要減少看手機、轉無聊訊息的時間。

高太太說，用擊掌聯絡吧！

擊掌？好啊！有創意。妳在客廳看電視、新聞，在廚房煮菜、做糕點，我回到畫房畫畫，有空的時候起來在屋內來回走當運動。有什麼事就用擊掌聯絡。這樣安排，妳看怎樣？

拍掌一下，表示工作進行中，拍掌兩下，表示有事，妳或我需要短暫的見面，面談幾句。

拍掌三下，吃飯時間到；拍掌四下，表示老高要午睡，高太休息時段到。

拍掌五下，不是拍在另一隻手，而是拍在大腿上，表示事情進行得很好很滿意，非常開心；或者有什麼突發事件。高太太說，ＯＫ！就這樣說定。

約法三章八月初開始。有時，廚房傳來一聲掌聲，老高知道她開發了一種新的南洋糕點，做好了；有時書房傳來一聲掌聲，高太太知道他又完成了一幅油畫。

客廳擊掌兩下，老高走出來，望太太，眼神狐疑，太太請他看電視畫面，原來確診數目下降了，比昨天少了好幾名，從兩位數跌到個位數，讓他分享喜悅；有時兩下響聲發自廚房，原來太太新開發的菜餚烹調或糕點成功，請他出來嘗試；畫房兩下掌聲響起，高太太也會走進來，原來老高又通過自我摸索，學會了電腦搜索各種資料，或油畫完成了五六幅，富有創意，準備發到她手機上，請她推銷出去。

果然，用拍掌法聯絡同一個屋簷下的夫妻情，減少許多無聊的八卦，尤其那些東家長、西家短的流言蜚語，藝壇上的桃色新聞，要是以前夫婦見面，少不了陳述聽來的小道消息又評論一番，一兩個鐘頭就這樣過去了……最妙的還是拍掌幾下的含義各各不同，大概也是源自幾個月前看間諜片多了，得到的一些啟發，作用很大。

每天到中午十二時半，廚房就非常準時地響起三下掌聲，那是高太太發出的信號，意思是吃飯時間到了，畫房裡的高先生也很快拍三下掌回應，連聲說，來了！來了！

而每天下午大約四點半，畫房就響起了四下掌聲，那是老高發出的通知，意思是他要小睡一下了。之後，客廳的高太太就分享了他起伏有致的富有音樂節奏的鼻鼾聲。老高醒來會輕輕地擊掌四次，表示他安全醒來了。

最高潮的掌聲是彼此的五下，不是擊掌，而是拍打在大腿上。高夫婦身體不該胖的地方肉都不多，唯獨大腿的肉又厚又多，拍打起來噼噼啪啪猶如燃放最高質的鞭炮，非常響脆。這時候，高太太會跑進書房看個究竟，老高興奮地告訴她接到大量訂單，一個月都畫不完了，太太也報告給他各種好消息，如，南洋糕點已經製造出十五種，非常好賣，訂單也源源不斷，或今天首次零確診……趕快在第一速度分享給身邊人。

兩個多月來高家一片安靜，只有噼噼啪啪的拍掌聲此起彼落。

港鐵姐弟仨

許家四姐弟多年來都是靠清明節到小城的愛臻寺拜祭雙親時會面的，一年三次到四次，擺供品、插鮮花、燒香，遇到清明和七月盂蘭盆節，還燒紙衣冥紙……雖然大家都是現代人，而且都是無神論者，但祭祖感恩、孝敬懷舊、慎終追遠，千百年來都是華族代代承傳的傳統，黃家姐弟仨也就不能免俗。最重要的是拜祭結束後，四姐弟和他們的老伴大家餐聚一次。輪流做東，這十年來已形成一種默契。

因此，名義上是祭拜去世者，實際上為的是健在者的團聚會面。

二月，疫情爆發，餐聚遙遙無期。六月底七月初，疫情突呈緩解形勢，黃家小弟夫婦倆覺得黃家好久沒見面，非常掛念，就發短訊在群組，想請大家茶敘一次，連大哥大嫂八個人，問：這次機會比較難得，大家可以出席嗎？

大哥依然很擔憂，一家子中畢竟他年紀最大。他表態不敢出門。餐聚的最大意義是個個都能出席，一家都不能少；少了一家怎麼成？於是小弟、弟媳的建議被迫推遲。

唯一的機會溜走，暫時很難再來了。果然疫情很快又大爆發，一天確診四五十名，每日下午醫管局官員都在發佈新聞，家家戶戶又成了驚弓之鳥。

餐聚令一直保持在兩人和四人之間；許家的成員數目有八人，除非在家裡餐聚，在外面則違規。疫情如果一日不緩解，在外面餐聚的機會很是渺茫。

在疫境中，大家心情不佳，年紀又都偏大了，沒有一位表態願意承擔在家餐聚；況且做東的一位，總不能將下兩代年輕的、小的撇開，那人數會更龐大；做工的已經很勞累，而且特殊時期多數叫外賣，誰可以承擔餐食？當然，吃和吃什麼只是一種形式，見面才是最大目的。但他們畢竟不慣在家進行，那還不如在外面正兒八經地坐在一張長桌或圓檯邊見面。有十年光景，他們都是那樣在祭拜祖先後見面的。

在酒樓圍坐氣氛最好，有點像開會，但沒有開會的嚴肅和預定議程的約束；有點像過節小慶，但他們只屬於小家族式的聚會，沒有傳統節日做大背景；在家，太隨意了，連座位也太自由太分散；在外的檯面，可以就關注的問題交換意見，可以對彼此的家庭和健康有所瞭解；這類特點和效果，在任何一位黃家成員的家裡都不可能達到。

那天，大姐對弟媳阿馨說，有我自己製作的印尼式的薯仔餅要送給你們嘗嘗。

弟媳阿馨說，好啊，我們也買了蝴蝶酥要給妳和二姐。阿弟來，二姐也來嗎？

大姐說，來的，我們就在港鐵佐敦站見面吧。。

小弟和大姐約定了港鐵佐敦站E方向的閘口，大姐和小弟都說好不出閘，二姐就在閘口外。

那天，九個月沒見面的姐弟仨，在港鐵佐敦站見面了。乍然見面，恍如隔世。三人的年齡加起來也有二百三十六歲，堪稱老姐老弟了。大姐以前消化系統不好，不良於行，現在看來面色紅潤，精神煥發，步履穩當有力，身子豐碩有厚度，臉上交叉縱橫的路軌已經被有情的歲月之手抹平，露出的便很少了；二姐雖然一樣，但比以前精神很多，見到一姐一弟，也滿懷喜悅，送他們各兩瓶健康工坊製造的杏仁奶。小弟剛剛理髮，戴了一頂鴨舌帽，兩位老姐看老弟肚腹扁平，都說他瘦了。小弟說，醫生說超重，必須減肥，宅家九個月，阿馨煮健康私家菜，減少我飯量，減肥成功。

由於很久沒會面，彼此寒暄很久才散。快散時，咯噔一聲，小弟老婆阿馨發訊，你們老姐弟快一年沒見面，機會非常難得，不要忘記拍照！

托一個路過女傭，為他們按了幾張除下口罩的模樣，成為他們疫境中珍貴的留影。

那年新冠賽事

那年非典，父親和母親在醫院做文職。因為加班加點，在抗典方面表現出色，有關當局頒發金質勳章和獎狀給他們。每當我拉開父親的舊抽屜，第一眼總是看到勳章，總是想起他們那一段抗非典的英雄史。

那年我十二歲。小學畢業。那年新冠，父親退休後，一家口罩廠聘請他當經理，每次工廠派他做公益慈善，送口罩到各屋邨時，他都積極奔波，親力親為，不幸染疾，確診新冠，也傳給了母親，他們雙雙不幸逝世。每當我看到家裡堆積的六大箱口罩，總會想起我父母積極抗疫，忘我工作的生活態度。

那年我十八歲。大學畢業。我的一本疫情日記本子，記錄全球疫情最後的終結，新冠蔓延五年，確診人數逾四億多，死亡達五千萬。可恨、可怕的瘟疫過去了二十餘年。

我做到金牌時裝設計師、大學設計學系教授（兼系主任）時，夫人桑妮則是展覽藝術學系學者。我們都年逾不惑。有日，桑妮將一張全球服裝大賽的海報帶回，晚餐後，她將大賽海報在工作臺上徐徐展開。用中、英、法、德、西五種文字對照的大賽徵文，頗為引人。為了紀念那場瘟疫的抗疫者和病逝者，一跨國科學機構決定舉辦全球最佳紀念疫情服裝設計大賽，以最低成本，設計出最富有紀念意義的服裝，金獎獎金高達一千萬美金。

怎樣？我們參加吧？桑妮笑道，獎金那麼高。

獎金多到流口水了，看錢份上，參加吧，我們滿身銅臭啊。

夫人說，你沒看完比賽章程？奪冠沒那麼簡單。服裝金獎被評出後，還要列出獎金使用計劃，算第二輪比賽，就是計劃的比賽，也被評第一後，才頒發獎金的八成，等計劃付諸實施、且完成後，才頒發完最後剩下的兩成。

啊？這樣啊？我嚷了起來。

桑妮說，你以為一千萬那麼容易入袋？

我說，那就放棄吧？

桑妮走過來，一臉的嚴肅，用右手大力往我左肩猛力一拍，再用左手搭在我右肩，批評道，忘本、忘恩的家夥！

你忘記了，父親母親是兩次不同瘟疫的有貢獻抗疫者，也是瘟疫的受害者和死亡者。

我沉默不語，望著一臉嚴肅的桑妮。她繼續說，為公為私，我建議，以不能忘記的名義，參加！我點點頭，將一拳猛力敲打在桌面上，晚餐的空碗跳了三跳。

可半個月過去了，什麼都想不出來。

某個下午，我和桑妮趁工作空檔走進學校附近的咖啡館，研究設計的專案。桑妮將搜集到的訊息分享給我。她說，有人準備將新冠病毒的模樣印三千萬個在白布上製成衣服；有人在衣服上寫上大大的「人類必勝」四個大字，有人製作兩百多個被病毒害慘的國家的迷你國旗，縫接成服裝，有人將裙子設計成新冠肺炎細菌的樣子……我……不斷搖頭歎息。

老婆問，怎樣？

我說，劣！

不奇？

奇倒是奇了。

那，好呀！

出奇，但未必制勝！

以往，我倆遇到難題，一旦咖啡入喉，設計靈感如泉噴湧；寫論文，思路不暢時，一喝咖啡，堵塞的思路馬上一通百通。可如今，已經第三杯咖啡，靈感女神依然在遙遠的天邊繃緊著臉。

晚上桑妮到家中小倉庫取東西，忽然興奮地衝出來，說，有了！

什麼有了？懷孕？

我們倆這七八年膝下猶虛，為了桑妮的肚子早點爭氣，用盡了辦法，就是沒有。老婆大笑，美得你！接著，她拉出一箱口罩，說，我們有六大箱。有效期過了那麼多年，已經完全沒有防毒功能了，我們就廢物利用吧……

我們連夜趕工，決定以口罩為全部材料，設計出服裝款式草樣，由我繪圖，桑妮手縫，製一套全由口罩做成的情侶裝。不但有帽子，還有一個女式手提袋，都是口罩縫成。

那天，淺藍色口罩設計而成的情侶裝，雖然非常簡單，但依然轟動了整個賽場。原來，簡單就是美，就是好！十位頂級評判都給了滿分，並沒有爭議地一致給了冠軍（金牌）。廢物利用、符合環保，此其一；口罩在新冠肆虐期成了世界人民最有代表性的共同抗疫物，此其二；最後是，我們雙親當年就和口罩分不開，這設計作為紀念物，再好不過。

評判代表說，我們不純粹追求奇特，還需要富有意義！

若干年後，我夫人、展覽藝術學系桑妮老師用獎金創立了世界第一間抗疫（新冠）紀念博物館，紀念那年抗疫（新冠）的貢獻者和去世者。

末班電車

大林沒料到自己有日會「淪落」到找對象也要靠相親的地步。夢遺年代幻想漫畫中那些大眼睛、含情脈脈的少女向他走來。小學畢業後進男校，噩夢開始，全一色的同齡「和尚」，談論的是某女教師的胸圍究竟幾碼，臀部為什麼那麼翹……大學沒讀上，只好到技專學校讀地鐵維修。好了，找到的工作，機構也全是男技工，寫字樓唯一的女性則是差幾年就退休的老姑婆。

事情拖了好幾年，好事都成空，不是門不當，戶不對，就是你愛我我不愛你，男有情妾無意，女挑這嫌那……所謂好事多磨，真！機會來了，偏又在疫境中，不知誰的鬼主意，地點選了燈光黯淡的一家西餐廳。

大林，不要再挑剔了，雖然男生三十五不算大齡，但媽最怕你變成「同志」，沒孫子抱還不是主要的；最重要的是男人身邊要有老婆管，日子過得才像日子！

阿媽，不會挑剔了，但醜八怪我是寧願單身一輩子的。

放心，林兒，相信媽的眼光，絕對不醜！中姿。

昨天，阿媽如此對白；也商妥了，對象由各自的母親陪同前來餐廳。在吃西餐的五道程式中，如果其中一方先離席告辭，親事告吹；如果只是雙方的母親離席先走，表示可能有緣，讓男女主角繼續談下去並最後決定是否拍拖。

來了，來了。阿媽面朝門口，小聲嚷。

大林拉好口罩，霍地站起、轉身，小沁如一陣風，已站在他跟前。大口罩上一雙水靈靈的大眼睛，一頂紅藍色鴨舌帽，背後窟窿伸出微褐色柔柔馬尾。淺藍色牛仔衣裙，倍現豐滿的身段。疫情中，彼此點點頭，沒敢握手。大林癡癡打量對方的臉，恨不得伸出手將她的口罩和帽子一下扒下來，好好地、仔細地、狠狠地看看。唉，吃飯時候吧。

寒暄一番，第一道蘑菇濃湯送來了。

大家掀開口罩的一剎那，大林的臉被對方四道目光瞪住；小沁更被對方的四道眼線盯死。地球彷彿不轉了，周圍成了一片可怕的死寂的世界。之後，又突然爆發了一陣會心的笑聲。

他們已經沒感覺蘑菇湯是什麼滋味？服務員收拾湯碗時問湯好嗎？他們說，好、好、好！之後，四人又迅速戴上了口罩。

第二道是蔬菜水果沙律。

各各將口罩除下放在碟子旁，大林的眼睛開始和小沁交流互動。

想不到妳比我老媽形容的中姿還漂亮，大林想，我們的事只剩下妳是否嫌棄我了。小沁想，想不到你稱不上帥哥，但也絕對非醜男，尤其喜歡你的國字型臉，淳樸老實的樣子最叫我喜歡和放心！我們的事只剩下你是否中意我這一型女生了。

四人話題集中在議論市里坊間所賣的各國製造的口罩品質優劣和價格區別。

大林將半碗沙律盛到老媽碗裡；小沁也將半碗沙律倒在母親碗中。

兩道前菜過了，第三道正餐開始上桌。正餐各有喜愛，也就各各不同。

口罩又再掀開了，大家都似乎已興高采烈，除了三分之二的目光看男女主角的臉，三分之一的時間留意盤中餐了，而且交換分享。大林的牛排和老媽的鱈魚各分一些給對方，小沁的吞拿魚和母親的炒飯對分，交換嘗試。

話題也入港了，工作、性格、家人薪酬、結婚計劃……。

最沒想到的是兩位母親竟然有默契似的，相差不到十秒，先後站起來，一個說有早睡習慣要離席，一個說家裡有客人要早回。

大林和小沁對看一眼，眉眼不但含笑，而且含情了。

第四道是雪糕，第五道是咖啡，西餐就完成。燈色那麼黯淡，口罩戴了又開，開了又戴，猶如琵琶半遮面，觀察和欣賞對方不過癮。

埋單後，大林說，現在是十一點，我們家在同一方向，彼此的屋邨距離不遠，離最後一班電車，十一點半的，還有半小時，車站就在餐廳門口不遠，我們走。

他們跳上了一架東行的末班電車。那車程比地鐵慢了四十分鐘，大林也就將小沁的手多握了四十分鐘。

大林和小沁下車後，相約到屋邨不遠的花園裡一株樹下的黑暗角落，兩人迅速除下口罩，緊緊地擁抱，嘴對著嘴熱辣辣地親吻起來，還互相摸索了對方的臉和身體。

忘了擁抱接吻了多久。那晚，不遠處，他們所住大廈幾百扇眼睛般的燈窗在注視他們，一夜無眠。

馱3000個口罩的人

阿傻帶了好幾個稍大的塑膠袋，從家裡出發了。之前，他和傻婆在家比試度量了好幾次，估計三千個口罩沒多重，不需帶小車拉，可以兩大包用手提，兩大袋背在肩上

乘著地跌，心情特好，想起一分錢不花，天降那麼多口罩給他，真有種滿足感。徵文比賽，獎的多是獎金。獎那麼多口罩真是聞所未聞。現在市面上早就不缺口罩了，那麼多口罩難道當草紙或改裝成底褲？他很不屑。傻婆用食指篤他的頭額道，你不要鈔票熏心了，有錢的比賽才參加！阿傻說，現代人現實，有哪個參賽不是為錢？我也是俗人。傻婆反駁，口罩不是錢啊？入三甲的至少獲三千個。現在比較高檔的，五十個盒裝的一盒就要七八十元，三千個相當於六十盒，市值就值四千多元。阿傻猛醒，對，我們可優惠價出售！傻婆搖搖頭，罵他，財迷心竅！阿傻搔搔頭，那我聽妳的，不過我只能寫蹩腳的三流文章，哪有希

望？傻婆大笑，道，你的文，雖只有中學水準，但實在。寫那種無病呻吟的散文詩一定落榜，寫實在的東西你可以一拼。阿傻被傻婆鼓動，心被煽熱，花了幾乎半個月慢慢寫，寫好他自己改，傻婆幫他改，也共改了十幾次，又花了一周，一篇一千五百字的文章才完成，寄出去了。內容是，疫情宅家期間，自己是怎樣從五穀不分的傻夫變成出色的家庭廚男的。有聲有色，幽默搞笑，形象生動。

阿傻被通知獲得季軍時，呆了半響，張大了口，啊啊有聲無語。傻婆在一旁嚇得以為老公中風癡呆。緊急按九九九，只差最後一個九，阿傻忽然跳將起來，將傻婆抱起來，像雞啄米那樣在傻婆滿臉亂親，噴得老婆一臉口水，不斷從他懷中掙扎，一邊抹擦一邊大叫，口罩！口罩！新冠！新冠！阿傻鬆開傻婆，狂喊，中了！中了！季軍！季軍！

……從地鐵站走到了，阿傻看到幾個人從一大廈走出來，有人拉著小車，車上載個特大號紅藍條相間的帆布袋，有人狼狽地拉著。他走進主辦單位，負責人贈予他獎狀，與他合影留念，辦事小姐協助他將巨型帆布袋裡的口罩，分裝在他帶來的四個略小的袋，方便拎提肩背。原來，口罩是五個裝的，難怪體積膨脹了很多，也變重了。

兩袋背在左右肩，兩袋手提，阿傻像一隻馱著犁耙的老牛，奔走在島城的金融中心大道上。廣場上多位穿著緊裹豐臀牛仔褲的賓妹在聞歌起舞，電車道上的百年老電車發出叮鈴叮鈴的音樂奔馳來去，阿傻心情特好，猶如身在美妙琴室。

到家，傻婆看到他渾身被汗濕得如落湯雞，把他剝得剩下一條小褲衩，將衣服浸在肥皂水裡備洗，然後拿起一隻口罩仔細研究起來。阿傻細細算了，說，我們倆至少可以用四年多了。傻婆篤他的頭，罵他，自私！阿傻感覺委屈，道，都說了，一切聽你的。傻婆說，有效期一年而已！我們送出去！

親戚不用說了，左鄰右裡、尤其是那些下層的人物，都得到了他們的口罩。

不到三天，已經送出了一千五百個。傻婆說，我們最多留幾百個可以了。阿傻看到報紙上各種贈送口罩的大小報導。阿傻要說什麼時，傻婆說，我知道你要說什麼，我們不需要這個。為什麼做點好事就要那樣聲張呢？

阿傻說，對，對！何況我是僥倖獲獎而已。

尋歡者101號

疫情告急，小城決心清零，人人需要檢測。

阿玩檢測時呈陽性，馬上被請到隔離營病房隔離。

醫護人員異常重視，詳加追問，記錄他最近的親密接觸者。

查到第一位是花名紅姐的四十六歲的紅牌阿姑。原來，有日週末，阿玩偶然走到小城那條著名的煙花巷，見到好幾位穿窄裙著高跟、聳胸凸臀、打扮得花枝招展的中年女子在一棟小洋樓下「企街」，故意上前問路，幾句暗語來去，那女的就帶他上樓了……

阿玩以三百元的花綠綠鈔票，買了她兩小時的歡。

你與她親密接觸時時，接觸她什麼部位？顏醫生問阿玩。

哪裡還有其他部位？阿玩回答。

有接吻嗎？

我有要求，紅姐拒絕了。

進行中，雙方戴口罩？

我再三要求，我說，妳人好看，露真面目，我幹活可以助興。她最後同意了。

那就對了。雖然目前暫時沒有事實可以證明新冠病毒會通過你們交易的主要管道傳染，但脫下口罩喘氣、呼吸，傳遞病菌機會就非常高了。

幾位警員配合醫院抗疫小組，帶走紅姐。在醫院體檢，紅姐發著低燒，檢測出陽性，確診新冠無誤。這一來，引起醫護人員的高度重視，理由是，以紅姐的打扮和租屋條件，不多做生意不可能維持其生活水準。

負責的顏醫生向她問詢半個月來的親密接觸者，紅姐掏出一個小本本。顏醫生翻看，大吃一驚。抗疫小組緊急開會，將小本子消毒後，給大家輪著看。都是尋歡者的電話，整整一百零一名。

怎麼他們都願意留下手機號碼？醫生們面面相覷。

顏醫生說，問過紅姐了，捧場客留的都是假名，但手機號碼都是真的，主要是紅姐說常常會有物美價廉的新嫩貨色介紹給他們。客人都貪婪，就留下了線索。啊！原來如此。

抗疫小組內有官員、醫護，也有警員和義工，按照線索，順藤摸瓜，在紅姐的配合下，終於找齊了101個家庭中的男主人，也即尋歡者，將他們帶往隔離營隔離、檢測或治療。十有七八的妻子不知道丈夫在外購買一夜情（當然此說法文雅，實際上只是約一小時交易），非常驚愕，也有不感到驚奇的。一百個尋歡者，不乏單身漢，有家眷的約近六十戶，家庭成員從太太一人到祖孫六七口，都需要檢測，隔離在家；一百個尋歡者，還在上班的約一半，多為中下層。親密接觸者數量相當龐大。

事件在社會上引起轟動。

一個紅姐，親密接觸網，輻射開去，有兩百多人中招。

尋歡者檢測後呈陽性的占了百分之六十，送院治療，其中有三位染上新冠後爆發併發症，不治死亡；其他一直住院治療了半個月才陸續出院。

活著的尋歡者康復出院，陸續回到了自己的家。

很快，由醫務人員（包含醫生、護士）、警務人員、社會義工、街坊負責人等人組成了一個「幸福家庭」學習班，召集九十餘位尋歡者和他們的家人參加。

街坊的模範夫妻、醫生、義工等輪流給他們上課。幾對獲得過十好家庭、模範夫妻大賽金獎的先生太太現身說法，給大家講解夫婦相處之道；醫生給大家談如何增加夫妻在床上肢體交流的情趣和技巧……有的夫妻情濃，關係改善不少；有的經新冠折磨，決心痛改前非；有的向老婆大人遞交悔過書，決定不再踏足花街柳巷。

在社會義工的推薦下，被懲處教育、拘留兩個月出獄的紅姐因為害得人多，確診的群組人數多達兩百多人，真心懺悔，不再靠原始本錢謀生，因為應對、口才很好，被介紹到一家小公司做接線收發和公關。

第101號尋歡者阿玩康復出院後，老婆最初依然不願原諒他。因為阿玩好吃懶做，老婆嫌棄他，以前早就分房睡了，這一次更嫌他髒，不理睬他。他痛苦不堪，只好求助社工。社工分別輔導，效果漸漸明顯，老婆算是原諒了他。

最近，阿玩和老婆從分房到同房但分床，從分床到同床但分被，從分被到同被但要著衣服，只許看，不許動。

這夜，老婆心情大好，不想再虐夫了，臨睡前，對他說，

今夜讓你新婚一下，但疫情中，除了口罩不准脫，其他都可以……。

老玩大叫，太好了，謝謝！

兩個新的醫用上佳大口罩，老婆給阿玩戴，老玩給老婆戴。

、、、、、、、、、、

不願撤退的咖啡館

二月，小城已經疫情深重，封城消息日緊。

小城雖人口不多，但飛機場大堂擠滿不同族群，趕搭著飛機撤離，最好在封城前「搶閘」回國。

火車站一片混亂，大巴總站也滿是趕回鄉的打工男女。

亞曼從飛機場送走朋友，歸途氣氛異常，沿途有人站崗，市裡不少鋪頭關門……他想到適才胡茲夫婦的規勸——形勢不妙，你也得早做準備。

我再看看吧。

……

亞曼內心混亂，無法定奪。十年前來到這座小城打天下，對這座小城生了感情。自己的國家百業不景，無法提供一家糊口的生計，是這座小城給了他拼搏的機會，也給了他生存的尊嚴；他喜歡這城市的市民，對他是那麼友善；最想不到的是去年，他開的小館還意外地獲頒全城五佳咖啡館之一，在自己的國家，連申請營業照都很難，在這兒，營業好還被表揚。

他忍心疫情未滅，一走了之？何況，四十幾歲的他喜歡上一位天天上他咖啡館的叫安妮的華人姑娘，那位姑娘似乎也對他心存好感。

回到咖啡館，才八點多，他緊張地在水吧燒開水，準備好一切必要的工作。隔壁的麵包店將每天一早必送來的幾款蛋糕和麵包、三文治送來。亞曼只是賣咖啡，早點、下午茶美點向隔壁取，賺點蠅頭微利，卻大大方便來咖啡館喝咖啡吃早餐的人們。

不旋踵，二十來個座位都客滿。

都是熟悉的面孔；他聽到了各種議論。

三天后就封城了。

大米、蔬菜，草紙、日用品都儲備了？

走嗎？

……老顧客們都紛紛與他打招呼，也打聽他的打算。

亞曼笑笑回答，不了，家那麼遠，去年剛回。我要和小城共存亡，一起抗疫。好幾個聽到的，向他豎起了大拇指。

也許即將封城，這最後幾天的生意特別好。他們紛紛問亞曼封城期間咖啡館是否照常營業？亞曼說，因為人與人必須保持社交距離，加上也許飲食行業有更嚴格的規定，因此，咖啡館照開，做好了無客的準備，但大家可以叫外買。他請大家看小黑板上的咖啡館網址。一時間大家都站起，圍聚攏來，抄下網址。亞曼請大家在微信群組廣為轉發。

第三天下午，天氣有點冷，咖啡館整日冷清，下午約五點，玻璃門咿呀被推開，亞曼只看到那人戴一頂毛線帽，長髮披肩，不必看正面，就知道她是他心目中的女神安妮。

幾句寒暄後，亞曼將封城後他咖啡館的計劃如此這般對她說了。

安妮說，反正我做的行業可以在家上班，外賣我就幫你，我有一輛摩托車，疫情的安全裝備也很足夠。

太好了，亞曼說。他正發愁獨木難支，網訂咖啡或早餐套餐沒人送，安妮熱心自告奮勇太令他驚喜了。

封城後，他們這一區不斷有人來消毒、為他和她幾日就檢測一次；更感動的是給他送水果蔬菜，還有為他送市面曾經一度短缺的口罩……網上幾百名顧客為他疫情期間照常服務市民的精神大大誇獎，熱情留言，令他感動。封城期間，他看到了無數醫務人員日夜加班搶救確診者、一些餐廳在街頭派送免費飯給長者、義工義務擔起各機構捐贈口罩的運輸任務……

大約兩周後的某天，安妮送完五趟外賣後，坐在咖啡館卡位休息，亞曼為她端來一杯熱情騰騰的咖啡，咖啡表面畫出一顆心的花紋。

亞曼說，沒有大家的支持，我什麼都不是。看到這座小城大家都在出錢出力，我毫無貢獻，真是慚愧！你看這樣好不好？從明天起，單訂咖啡的我都奉送，一直到小城解封為止。

安妮吃驚地望著他，反問，你沒收入，如何維持？

咖啡館是華人好友租給我的，早就答應封城期間免收租金，何況七八年來我儲蓄了些錢。問題不大的。

好。我大力支持你！

安妮本來就對這位樣子有點像藝人王瀧正的異鄉人亞曼心存愛意，這樣不是唯利是圖的品行，更是在她心中增分了。

忙碌的時候，兩架摩托車一起出動。

五個多月封城，如以一百五十天計，每天送出免費抗疫咖啡兩百杯左右。亞曼和安妮主持的咖啡館免費捐獻了三萬杯咖啡給小城市民；看過別人那麼多感人故事之後，亞曼和安妮終於也有了自己的故事。

報告會上的雕像

她守候他，守候成了一尊望夫石；他為等她，等成了一株樹。前者是民間傳説，後者是現代詩的意象。

二十一世紀的2019~2020年，在島城的現代會場，也出現過現實中的雕像。

她，在發佈疫情新聞的會場，每天都要面對專欄作家、家庭主婦、販夫走卒、媒體、各級官員、公務員以及各國使節……總之，舉凡對疫情關心的人，都可來此聽她的疫情報告。

她風雨無阻。從二月份開始，到十一月底已出席了一百八十八次，專座黑皮磨白了。

每天下午三時到五時，她必定提早在二時五十分進入會場。有一次，會場鐘錶已轉到二時四十九分，許多人面面相覷，打賭她是否會遲到？很快，看到她撐傘的身影在窗外的風雨中出現了，走進會場、坐在她那固定的座位上，恰恰好是二時五十分。

她，戴著一頂米色布制寬沿圓帽，一頭略顯黑褐色的長髮散落及肩，一張淡黃大口罩遮住了下半張臉，一副普通的近視眼鏡後面，閃動著善良的笑意。報告會開始後，她會把帽子掛在椅子靠背。

她的彙報從三時到四時，而四時到五時是答聽眾問。

一個小時，不嫌其長，只覺其短。

有相對準確的數字。從當日確診數位到初步確診數位、最新病亡數位，都清晰不含糊；多少是外來的，多少是本地的，多少個案屬於酒吧、屋邨樓宇爆發的，都有具體數字，還有確診和死亡的累積總數字。

有非常細緻精闢的分析。比如當前疫情無法遏止的原因和要害；需要注意的事項；最高危的地區；平常日子需要注意些什麼……

在那一小時內，她準備充分，偶然一兩次看一眼筆記外，都面對聽眾；而她看的，多數是重要的幾種數字。她還由遠及近，由全球疫情大勢説到島城的疫情升降，充實緊湊，鬆弛有度，讓聽眾全神關注。

不少人在底下議論：

有人説，看她談吐輕鬆，不是一問三不知，而是什麼都知道，一定有超強記憶力。

有人說，哪有什麼難度？我做到她這個位置，也許會超過她。具體工作都由助理去做，甚至發言稿也可以讓她的秘書搞掂。

有人說，哈哈，好啊，讓你做，恐怕一個屁都放不出來。

……

答問時段尤其精彩。

她從不語塞緊張、從不面紅耳赤，更從不急躁發怒、惡語相向，大口罩上、眼鏡後的一雙眼睛始終保持著溫柔的神色。她傾聽提問者的每個字每句話，重視地記下要點；她對那些有意為難她的豈有此理的難題，回答得幽默巧妙得體，往往獲得鼓掌喝彩；她保持的那種不亢不卑、優雅得體的笑容，獲得媒體大贊。很快成為網上最熱搜人物。

最不可思議的是她對個人網誌的眾多讚美留言，都盡可能地回復。

報告會結束了，她回醫院一會，匯總最新資料，繼續加班到晚上八點才回家。吃飯、沖涼後約十點，她開始一一打電話給由她牽頭的抗疫小組（成員來自十二個不同部門），瞭解最新情況；十一點，她全幅裝備，自己駕車轉三家有關醫院，直闖病房，視察確診病人、與護士談話、瞭解典型個案……

回到家已經十二點了。

媽媽為她開門，心疼地說，阿女啊，妳瘦了，早點睡吧。

她笑笑，阿媽，我再做有點事，午夜一點一定睡。

看妳工作累的，請幾天假休息休息吧。

媽，中國歷史上的少年英雄霍去病說，匈奴未滅，何以家為？我現在是疫情未滅，豈可稍息？

說完，徑直進書房書寫。

早晨健身操早餐後，八時，她已坐在辦公室了，比她的同事早了四十五分鐘。

她繼續為當天日報告會做最後準備，毫不馬虎。所有資料、觀點都聽命于她的智慧調度，在她肚腹化為整齊有序的千軍萬馬，有備而來。

一百八十八天的辛苦不尋常。

無聊的人關心起她的家庭，問很私隱的問題，她答：很抱歉，這不屬於報告會範疇。

這一天，氣溫下降，還下著冷雨，又聽說是她生日會，大家以為她會請假休息，可她還是來了，提前十分走進會場。

全場聽眾起立、鼓掌，為她高唱生日歌，她也看到了一盒大家送的寫著188的大蛋糕擺在她枱面上，她一時間熱淚洶湧，也向大眾立正鞠躬致謝。

寒風暖粥

蓮嫂沒想到晨早醒來第一眼，看到的竟是橋底那一絲青綠。

這是怎回事？以往晨起，看到的總是天花板角落的蜘蛛網。網主那隻老蜘蛛與她早就熟絡，互不傷害。蜘蛛感恩蓮嫂有情，沒有對牠趕盡殺絕，蓮嫂則覺得有個伴兒也好，屋內不那麼冷清。

蜘蛛一年餘沒看到蓮嫂了。主人究去了哪裡呢？

蓮嫂左右開弓，打打臉頰有痛感；再往身上一摸，裡三層外三層，竟都是厚紙皮，她驚得霍然坐起，聽到旁邊有人與她打招呼——

早安，大姐，我姓言，叫我老言，OK？

蓮姐順聲尋覓，看到十幾米遠處，從一座堆砌得亂七八糟的紙皮小山窟窿裡鑽出一個長髮披肩、臉孔髒兮兮的頭顱，約莫六十來歲，頓時嚇了一跳。

我還以為躺著的是男的哩，老言說，昨晚看你冷，捲縮得像一隻僵蝦，為你加蓋了幾片厚紙皮。

蓮嫂看看手機，昨晚氣溫降到了十一度，難怪那麼冷。她謝了他，不過，當他問蓮嫂一些情況，蓮嫂怕遇著壞人，沒敢多說，只是支吾其詞，敷衍過去。

老言搖搖頭歎息，心想，都是天涯淪落人，何必呢？

他到附近的洗手間梳洗，出來時已不見蓮姐行蹤，連一個大行囊都帶走了。

一直到夜裡九點許，蓮姐回來，躺在昨晚那個角落，倒地蒙頭便睡；依然和衣縮瑟，只蓋一件厚外套和三張大紙皮。

好幾晚都過去了，老言夜夜給她蓋紙皮，儘管暖不了多少，但他的關心，蓮姐還是很感動，尤其今天一早，遞來一個新口罩送給她用，買粥時還多買了一碗皮蛋瘦肉粥請她，她不能無動於衷，終於將她成為「橋下一族」的來由和盤托出了。

原來，一年前，她回鄉祭拜雙親，沒料到疫情爆發，滯留家鄉，一直無法趕回島城公屋的小窩。這次，她歷經千辛萬苦，幾番隔離，才回島城。發現自己居住多年的小窩鐵門又封條又大鎖頭，已無法進入了；而樓下信箱，除塞滿廣告，還有當局數封信，內容都是通知她：由於她長達一年又兩個月沒交租，當局只好破門而入，沒收她的屋內傢俱和所有物件，將樓收回。讀完通知函，蓮姐感覺猶如晴天霹靂，一陣暈旋……

內心一萬個聲音在強烈抗議，什麼？我一年來因為疫情，人不在此地，如何交租？你們有沒有道理嘛！

說到此，蓮姐已經淚流滿面。

沒有打電話聯絡他們？

有，打了很多次，都是電話錄音，要不，就叫我們報警。

老言罵道，這些人太鳥啦，不見棺材不掉淚。好，我替你出口惡氣吧！我替你聯絡幾家報紙的記者，投訴一下。這些鳥人最怕媒體。

* * * * *

次日，島城幾家大報大同小異地以《七旬老婦冬夜露縮橋底，公屋慘遭沒收》為大標題，用頭版頭條的篇幅，報導了蓮姐的遭遇。老言還一不做二不休，報警，說蓮嫂自己的屋不得其門而入，財物也沒了。

但一兩日內依然毫無動靜。

這一天中午，氣溫開始下降，到了夜晚，降到了十一度。老言看蓮嫂怕冷，躲在橋底瑟瑟發抖，把自己的一條又舊又破的棉衣丟給她，蓮嫂看髒兮兮的，沒敢接過來。

我請妳吃粥吧。東西你妳幫我看一下。

不到二十分鐘，老言端著兩碗皮蛋瘦肉粥回來，遞一碗給蓮嫂，她想付錢，老言說，今晚我請客。

接著兩天是週末、周日，更不會有人來解決問題了。

週末周日兩天，附近兩家粥面店送來免費熱粥；周日晚十點，蓮嫂感覺特別冷，老言告訴她七度。蓮嫂已無法抵得住，對他耳語一番。

當晚約十一點公屋護衛在後樓小睡，老言和蓮嫂很順利進入大廈大堂，靠老言早年製造鎖匙工匠出身的本領，巧妙賺門入了蓮嫂那間屋子。蓮嫂看到一屋蕩坦坦，流下清淚。她留老言過夜，避避寒流，他搖搖頭，說，我睡橋底習慣了。

又兩夜，附近麵粥店夥計送來免費的熱粥。左鄰右舍也送水果和菜餸。

一直到週三，有關部門才派人開始處理蓮嫂「重返自己屋」的問題。

正式好睡那夜，蓮嫂又看到屋角那隻蜘蛛了，似乎瘦小了不少，仿佛對她打著招呼，而那些垃圾桶上的五六隻泡沫空粥碗，好似都在向她微笑致意。

天使第一嬰

產房裡雖然籠罩著一片愁雲慘霧，也洋溢著期待的喜悅。擔憂的是那持續了一年多的疫情，會否影響新生的小人類？還有，親友們想來探望慰問，因疫情都被拒於醫院門外，產房於是少了昔日的花香和歡笑聲。

惟有清晨窗外樹枝上麻雀的嘰嘰喳喳和窗沿鴿子的踱步依舊，彷彿也知道產婦是專門製造小人的特殊人種，格外開心地偷聽她們每天七嘴八舌的家常。

疫情在島城進入了高峰，每天八九十名的確診，令醫院不勝負荷，好幾間產房都劃讓給新冠確診病人了。一對護士巡過房，走在通道議論：

到天上報到和到人間報到，都不要選在這時候！

嗯，太孤零！

BB還好，至少母親會陪著。

……

產房是男人禁地，大家八卦起來沒有顧忌。有的，關心左床右鋪的室友是第幾胎，有的批評公家醫院護士服務態度不好，諸如「十幾年前的公家醫院護士態度惡劣，孕婦分娩喊叫，她們還罵叫什麼叫，做的時候就知道舒服！」「現在好多了，到公家醫院生孩子的大量增加了……」說完，不知誰提到嬰兒奇聞，一時間熱爆開來。

聽說嬰兒一出生讓他們抓周，例如算盤、剪刀、錢、尺子、書、筆等等，就可以預測他們將來是幹什麼的？

是的，有人說很準的。

有哭聲就拜天拜地了！

抓周都是嬰兒一周歲時測試比較準確。

我媽說我一歲落地，什麼玩意都不抓，一落地就抓書，真的，大了愛讀書、教書，和書結下不解之緣。

大家七嘴八舌，很是熱烈。

其中一位叫香杏的孕婦，即將誕下第二胎，肚腹過七八天就是整十月了，肚子外表看起來不很大，她懷孕期間兩頰紅潤，皮膚白裡透紅，嬌豔好看，定期檢查和掃描，她早知道嬰孩性別，然還是製造懸念，要同室的產婦猜猜她肚腹裡嬰兒是男或女，猜中有獎，每人一百港元。

一房的孕婦都知道香杏希望的是女兒，因第一胎是兒子；於是都紛紛投其所盼，猜測第二胎是千金。

香杏很高興；她還有一個願望，距離二零二一元旦剩下一周，和她的預產期差不多，如果肚子裡的小女嬰，能夠在新年午夜零時平安順利衝出產門，那她還可以獲得母嬰協會獎勵的五千大元獎金，小香杏就成為二零二一年呱呱垂地的第一聲，雙喜臨門呀！

* * * *

小香杏在媽咪肚子裡那麼久，這幾天已有點煩躁不安，不是踢腿踢得母親肚皮咚咚響，就是晚上不安分鬧情緒，弄得大人一抽一抽地疼痛。尤其令她最不解不滿的是，她迷迷糊糊看到醫生、護士、所有未來媽媽都戴著口罩，無法看請她們的真面目，為什麼會是這樣？連將做母親的真面目也陌生。雖說媽媽是不能選的，但這也未免太不尊重她這胎兒了！讓她就那麼隨隨便便落戶到一個那麼陌生的人家嗎？……

十二月三十一日夜晚，香杏肚子裡的小香杏已經感覺憋不住了，對困住她的子宮四壁拳打腳踢，陣痛開始，有人送大香杏進產房……她很快躺在產房床上了。

從遙遠的方向傳來「再用力！再用力！」的醫生加油聲，小香杏雖看不清楚，也微微感覺到微張的口一片光亮，人聲嘈雜，一股強力正在逼迫她努力使勁，她像一隻酣睡中的小小海獅，以頭直頂著媽咪那個越來越大的、富有強大伸縮力的肉窟窿，順利鑽了出去。

她和大汗淋漓的媽媽大香杏都聽到了外面世界的一片歡呼：

新年元旦搶閘出來的第一嬰！

新年元旦搶閘出來的第一嬰！

血淋淋的她被一位婦產科醫生雙手捧在手裡，朦朧中，她感覺醫護們的臉，都被一片大口罩遮去了大半，完全不似她的小兄姐們從前所形容的美麗人類。她一時懼怕，哭聲撼天，用手猛力往這醫生臉上四方形的遮羞布就是一拉！口罩頃刻飄落地上。

產房裡爆發出從沒有過的熱烈、驚喜的狂呼聲：小天使！會祝福的小天使！

島城元旦本無報，趕出了以「新生嬰也希望大人早日脱下口罩！」為題的號外，還特地報導了三喜臨門：

第一喜：新年第一哭，幸運產婦獲嘉巨大獎金；

第二喜：產婦們都有紅包收；

第三喜：天使派來祝福人類的第一嬰！

亞閑伯的一日

溫度驟然升高，從窗口望出去，藍空白雲，晴天麗日。

亞閑伯迅速戴上眼鏡、口罩、鴨舌帽、穿上外套，護膝、雨傘、小背包等，全幅武裝之後，照了照鏡子，威武喲，不像糟老頭子！

他匆匆開門，在即將關上鐵門的剎那，伸手入褲袋，摸摸可帶了鑰匙？果然，沒有，換長褲時，忘了將鑰匙掏出來，於是又入屋一次。鑰匙帶備後，他細想還有什麼忘記的？左手往左邊褲袋摸摸啊，最重要的手機也忘記帶！遠遠看到他手機正乖乖躺著沖電。滿一百了，他拔了線，再看看書包，充電寶、電線都帶齊了。走！

以廢筆尖用力篤升降機的按鍵，不放心，到樓下再用搓手液搓手。

他按計劃，徑直往公屋後面的樹林子慢慢走去。上午十一時光景，沒有人影。尤其是他專撿了一條山坡小徑，更加渺無人影，他邊用雨傘的尖把指指點點，邊爬邊罵道，他X的，這裡沒人，戴什麼口罩！他將臉上的口罩一扯，用一張紙巾包住，塞進外套口袋裡。

疫情蔓延了一年餘，亞閑伯焦急等待疫情消滅的一天到來，真是等白了頭髮！頭三個月，他不敢出門，兩餐都叫外賣，早餐則托大廈的清潔阿姐給他買可吃一星期的長條四方麥包；後來聽各國專家的論斷，有的說病毒將與人類長期共存；有的說新冠病毒將延續好幾年。他就不理它了，豁出去了！再不出來透透氣，我就會悶死！每天亞閑伯都狠狠地罵道：每天面壁，不悶死也會變癡呆！臭雞歪！從第四個月開始，不管每天確診多少，亞閑伯開始在所住大廈周圍方圓五公里的公園山林胡亂走，除了散步、爬山權當運動外，手機成了他最佳消遣工具，拍拍照、發視頻、發照片，成了他最感興趣的日常節目。

這天他終於爬到最新制高點。浩瀚大海展現眼前，亞閑深深地呼吸了一口氣。他以大海為背景，先拍視頻，實行三百六十度環拍；接著再自拍，把自己拍進去，很是滿意。最後是拍大海的近景和遠景，拍波浪洶湧的特寫，拍遠處的地平線，拍美麗好看的白色浪花泡沫；拍天上的雲彩，拍山崖下大海那張特殊的陰陽臉，拍遠山近樹，拍大石小草，拍小路徑大山坡，拍樹蔭下的小木排椅，拍山上的觀測塔……不覺中已經拍了一百多張。

看看日當午，他慢慢走到山下，到了一家速食店買了一份最便宜的麻婆豆腐飯，跟領飯處說要大份飯，還要了一杯水。之後，他又慢慢往屋邨另一個方向的後樹林走去。這一帶樹高林密，參天大樹遮天，過了半路，他挑了一株大樹下的大石坐下，很快扒完那盒飯，忽然發現小路兩邊長滿奇花異草，心想宅家的微信老友一定個個都快成了如同秦俑那種宅家石像，對郊野的花草會感到新鮮，於是一路拍上去：他拍三角梅杜鵑花，拍美人蕉迎春花，拍不知名的各種樹木，拍密集的老榕樹，拍牠們的長鬚，拍五顏六色的矮葉叢，拍小湖泊大草坪，拍木籬笆鐵柵欄，拍途中突然出現的小木屋，偶然凸出怪瘤的大樹幹……沿途拍，拍，拍，不覺間已經走到頂峰。哇，放眼看，遠處一片高低錯落參差的大廈、村屋，還有罕見的小面積阡陌。他狂喜，又一輪狂拍。下午四五點，他看天色漸暗，才慢慢走下山。

坐在公屋後花園裡的長木椅上，他開始往九十幾個自己參加的大小群組發認為較滿意的照片，還配以簡單說明。手機可以多選，一轉就是好幾個群組，狂轉了約兩小時。

亞閑伯幾乎大半年一百八十天，天天樂此不疲，日子過得充實。

回應各種各樣，有發大拇指表情的，有看了不理睬的……

這一晚，他的一對久未見面的老朋友夫婦在一家茶餐廳吃飯。

他們聽到手機柯登響個不停。男的說，一定是亞閑又發一大堆照片來了。

女的說，算了，一個人也夠寂寞的，有看沒看，我們還是給他發個大拇指吧。

半卷書

你要買的這本《書緣》還有下卷，共兩卷；兩卷要一起買才行。

書屋收銀處一位戴口罩的姓舒女收銀員，抬頭看了購書者，是一位戴口罩的小夥子。

小夥子說，書枱上只剩下這上卷。

那你等一會，收銀員轉頭應付另一位戴口罩的購書小姐，看了看書名，也是《書緣》，對她說，妳要買的這本書還有上卷，共兩卷；兩卷要一起買才行。

小姐說，書枱上只剩下這下卷。

女收銀員五十來歲，姓舒，是書店老闆，她看看小夥子，又看看小姐，笑笑說，巧了，你們都選了同一本書，你們都等等。

舒老闆走到書枱查看，那裡空空如也，翻下面的書櫃存書看，沒有；回到櫃檯又查了電腦，又致電發行公司，發行公司又聯絡了出版社，最後的答覆是此書已斷貨，正趕印第二版，最快也得過一個月後才有貨。

你們哪一位肯讓出？老闆看看左邊的小夥子，又看看右邊的小姐，問。

左邊的小夥子看看右邊的小姐，右邊的小姐也回看他，兩人似乎都沒有讓出的意思，於是，書究竟該為誰所購得？空氣凝住，時間定格，男女尷尬，陷入僵局。

老闆笑了笑，這是疫情一年多來生意最好的一次，一套書被兩人爭購。可惜我們書屋租約已到期，租金將起，我虧了一年，無法再租，這是最後一個月了。

啊！

啊！

既然都不肯讓，我建議，舒老闆說，那就共同出資一起買下來，然後交換看。

男女對看一眼，似乎覺得這個建議太有創意和戲劇性，都不約而同地點頭說，那好吧。

謝謝你們，給了我信心。如果有來世，我還要繼續開書店。

男女各付了一半的錢，又建立了微信私聊，互相揮揮手，就要走了；老闆叫住他們，說，不介意的話，我們仨拍張照片做紀念。

男女疑惑地看著她。她說，書屋即將最後盤點、清貨，也許你們就是最後一對顧客，讓我留點美好的回憶，紀念一下也好啊。他們都無異議。

舒老闆掏出手機，裝在自拍架上，站在中間，男女站在她左右。三個大口罩，未免太煞風景，舒老闆建議除下口罩。我們快一點。她又說。

照片拍了三張。

老闆要了兩位的微信。她說，一會我修好，就發給你們。男女將照片看了一下，點點頭，一個說不錯，一個說，高清。

他和她各帶著那半卷書走了。

老闆望著兩人的背影，再看書屋一地的淩亂和狼藉，還有那多張寫著的「大清貨」「全場五折」的貼紙，一陣陣心酸和傷感湧上心頭。書屋已經開了八九年，好景時期，每月還有盈餘；疫情持續一年多，進店買書的人少，她經營的小書屋遭到重創，緊接著島城十幾家書店骨牌效應般執笠（倒閉）後，厄運降臨到她頭上。她真懷念書屋過往的歲月，書屋雖只有八十平米，但麻雀雖小，五臟俱全，主攻文科，重點精選大陸、港、台文史哲經典好書，深受專業人士歡迎，口碑極好；又以長期八折吸引讀者，連一般顧客也愛到這老商場的小書屋看書買書。不料疫情嚇退了老顧客，加上網路上如今什麼都有，年來生意一落千丈，她儘管只是一名單身女貴族，沒有家庭負擔，書店都是她一腳踢，只是眼見自己苦心經營的事業將在一夜間消失，真是欲哭無淚。

第二天，她將照片轉給那各持半卷書的男女。書屋處理得差不多了的時候，清場交店的日期也剩下最後一周。那天，她收到一封信、兩張小合影和一份設計精緻的請柬。

合影一張是各買半卷書的那對男女，背景是長洲的大海和沙灘；一張是《書緣》書影，上卷和下卷疊在一起了；信很簡單——

舒老闆：

我們都是愛書人，欽佩你的執著，守護紙質書屋那麼多年，我們不忍看到素質那麼好的書屋又消失一間，我們決定續租下來，也已經與業主簽約。您經驗豐富，書屋請您依舊主持，並領取一份薪水，盈虧我們承擔，盈餘攤分。

半卷書男女　謹上

請柬文字是：

謝謝您為我們做媒，沒有您，我們實在無法相識。下星期六晚，我們舉行簡單的訂婚儀式，請你出席，並為我們擔任見證和主婚人。

舒老闆讀著讀著，手顫抖了，心，久久無法平靜下來。

書•情

顏小美將《書緣（下卷）》從書店捧回家，躺在沙發上翻開目錄，發現原來都是有關書的獨立故事，每個短篇都獨立成篇。這樣的話，從書的下半卷讀起行，無關次序。

小美回想在書店不肯讓出上卷、使她能買全套的那男人，心中有氣。罵道，小氣鬼！不過，當她翻開正文想讀時，手機咯噔幾聲，是書店舒老闆傳來剛才拍攝的照片。小美一看，驚呆了：那男子，帥呀！

蘇大率在歸途地鐵上翻開《書緣》上卷，還沒細讀，聽到手機響，心想一定是書店舒老闆發來的照片，一看，果然是，那女的，真美！

蘇大率真感謝書店老闆，如果當時不留影，怎能欣賞到那女書迷口罩後漂亮的臉蛋？當時在書店驚鴻一瞥，又匆匆離去，無法細細看，如今手機真好，可以放到最大欣賞，臉上小黑痣青春痘啦，眉毛的濃細啦、牙齒的潔白濁黃啦，都逃不過他的火眼金睛。好在我對她還算客氣，不過不將上卷讓給她買確顯得有點小氣；但如果讓她一起買下全卷，也就沒有這張照片，也沒有理由再進一步聯繫了。

好帥！這男的，不知什麼身份？難道是出版社編輯？這麼愛閱讀，這樣的年輕人如今越來越少了，大都在網上購物，他就是寸步不讓，非要買上半卷！幸虧大家還是客客氣氣，留有餘地，不然臉上都不好看了。小美癡癡地想，有機會我得好好修理他。

一周後的一個夜晚，大率與小美在M記約見，彼此都戴著大口罩，也許性情都偏向內向，情景有點尷尬，也沒吃東西，彼此就半邊屁股坐在最靠近大街的高腳凳上聊些無關緊要的話題，最重要的是交換《書緣》上卷和下卷。

大率問，都看完了？

嗯，好看，小美說。

我也讀完了，不錯。

觸手可及的大玻璃窗外，夜色深沉，疫境下的雨幕，將寥寂的城市街景塗抹一層模糊的色彩，反凸顯出一種朦朧的美。

儘管都有些不舍，交換了書看，還是要告辭。

沒想到，夜雨輕輕地飄灑而來。站在屋簷下，小美說，糟了，我沒帶傘。

我有。

大率有傘，可以送她到車站；他也很想說沒傘，延長彼此相處的時間。但他最後選擇了共撐一把傘。雨中為她撐傘，好浪漫，她也會感動的，雖然情節很老套，被電視劇用爛了，但這夜雨來得很天意，有時也不妨老土一下的。

雨不大，但很纏綿，大率說。

你常看電視劇？小美笑問。

是的，雖然俗氣，是世俗卻不庸俗。今晚我們的情節很韓劇哩。

小美聽了爽朗地哈哈笑，清音悅耳。

小美感覺身體乾乾暖暖的，偷瞧身邊的大率，寬厚的肩膀已經被雨淋濕了一大片。

你近一點，不要淨把傘往我這邊傾斜。

太近，與你碰碰撞撞的，不好。

你可以摟實我肩膀，這樣比較固定，傘居中舉，這樣兩人都不會濕。

這樣啊？那我摟緊了。

……

回到家，大率上衣幾乎全濕了。洗了暖水澡，渾身暖洋洋，舒適的躺在床上，回味著今晚與小美的每一句對白，心潮起伏，句句如滲了蜜糖那樣甜絲絲的。今晚註定睡不著了。

打開手機相片儲存庫，點開三人照，又足足將小美欣賞了十五分鐘。

翻開從小美借來的《書緣》下卷，吃了一驚，整本書有二三十出被評注了文字，少則兩三個字，如好得很、精彩啊之類，多則兩三句。其中一篇寫一個暖男，愛書，愛陪女友買衣服、購物，小美批註，這樣的暖男真好！找就要找這樣的！大率微微笑，抓了床側小枱的筆，批註，我就屬於這一種，哈哈。

小美回到家，看著基本上沒濕的衣服，陷入癡想。

她也洗了暖水澡，躺在床上，翻開《書緣》上卷，一張和書頁一般大小的照片落在她胸脯上。那是她的大頭像，被他剪裁還藝術化了，好美。背面寫上「希望妳喜歡」。

她的心撲撲亂跳，也許，今夜將無眠了。

他們開始了第二次交往。

見面時，他和她一起迫不及待脫下大口罩。各帶的《書緣》上半卷和《書緣》下半卷，疊在一起，放置在第三位置的桌面上，也好似一個人，占了一個位置。

咖啡香氤氳，飄散一室。

苗•愛

我們都過六十了，都算優先族群，悶了一年多，為家人著想，還是打吧。老苗中午十二點半，在酒店的自助餐廳，一邊為太太愛花剝蝦，一邊說。

苗太太愛花一邊享受大蝦，一邊說，夠了夠了，我怕蝦會引起疫苗過敏反應。

老苗笑道，妳是對盤尼西林過敏；疫苗和蝦哪有什麼關係？

老苗剝完六隻蝦，住了手。愛花遞一張濕紙巾給他抹手。

他們請來的朋友阿蓮羨慕地歎道，我老公有天能給我剝蝦，地球就停止轉動了。

老苗笑道笑，也動手為阿蓮剝了三隻。又說，下午我們就去打疫苗了，我擔心她藥物過敏，她擔心我長期血壓偏高，服降壓藥。怕打了疫苗有什麼三長兩短的。我們考慮了一個禮拜，最後決定還是打！

你們真不怕死呀？阿蓮豎起大拇指。

老苗笑道，不怕！臨打前吃一餐大餐壯膽，有事也值得。哈哈，愛花也笑了。

如果我嘴歪、一隻眼睛閉不上、愛花她面癱，今天就是和妳阿蓮的最後一面！

老苗，你別嚇我了！哪有那麼可怕？！

老實說，我們也怕，也緊張，副作用被宣傳得那麼厲害。

仿佛今天真的就要壯烈犧牲，公婆倆腸胃特別會裝，都比平時多吃了不少美食，連最忌諱的高糖脂蛋糕、雪糕愛花也放老公一馬，讓他都嘗試。

老苗滿意地說，吃得好飽！今天肚腹開放，打疫苗不同抽血驗血，需要空肚。

下午二時許，三人餐罷，走出酒店。

老苗和愛花按預約的時間地點，來到體育館排隊。已經有不少義工和醫護人員在維持秩序。他們隨著隊伍，用手機安全出行的二維碼掃牆上的二維碼、搓消毒手液、核對預約成功的手機訊息，走進接待處，接待的查閱身份證、報姓名，再由工作人員引領進入打針區。

有駐場醫生嗎？愛花問工作人員，我們想讓醫生，評估一下我們可以打嗎？

有！你們坐一會。工作人員讓他們在打針區附近的兩張椅子坐下。老苗看到場地很大，兩邊間隔了一間間編了號的粉紅色小屋，共有十八間，專為打疫苗者打針。已有不少人打好，坐在休息區休息，按規定半小時才可離去。

愛花對醫生說自己盤尼西林過敏，丈夫長期服降血壓藥，算長期病患者。那醫生雖然戴著大口罩，但眸子流露一種令人放心的善意，他們看到他在記錄卡上快捷地記錄。為了順利，反映真實情況，老苗把那份大半年的血壓記錄端出來，醫生仔細地看了一遍。

工作人員又讓他們坐著休息。

你不要緊張，愛花對老苗說；老苗說，妳也不要緊張，應該沒事。

我哪裡緊張！

我哪裡緊張！

接著，一個義工開始給他們倆量血壓。

妳不要緊張，老苗對愛花說。

你也不要緊張，愛花對老苗說。

老苗第一次量，血壓直沖雲霄，189！心跳100！哇，老苗張口結舌，嚇了一跳。

愛花第一次量，180！愛花也大吃了一驚，平時血壓偏低的她，怎麼會？

工作人員安慰他們道，休息一會，你們不要緊張。一會再量。

老苗說，原來害怕打，現在倒擔心不給打了。

愛花說，是的，那就全功盡棄了。

是呀，我血壓算受控、穩定，而妳明明偏向低壓。冤枉呀。一共量了五次，眼看大部分人都在打好在休息區坐著休息了，他們還在等候緊張心理過去，血壓降下來。

夫妻倆夜晚共睡一張床，白天分吃一碗飯，齊嘗一粒蘋果，出門牽手攬腰，血壓仿佛也有默契一般，你追我趕，你降我亦降，兩人以180、170、150、140左右相差不大的數字慢慢降下來。工作人員將記錄拿給最後決定的醫生拍板，過來告知，可以打！

公婆倆大悅。

回家後，親友紛紛來關心，他們也當故事來講。

阿蓮問，促使你們下決心打的最後原因是什麼？

老苗說，副作用和染新冠，我們選了前者。副作用沒傳染性，染新冠不同，有可能傳染到家人和別人。

愛花補充，我們愛自己，也愛家人呀。……

雙人床

我們要兩張床的。

酒店櫃檯服務員望了眼前四十幾歲的夫婦，搖搖頭，沒有了，都只剩下雙人床的。夫婦倆搖頭，取了房卡餐單，拉著皮箱，上樓。

輪到二十來歲的劉強美嬌，服務員查他們的旅遊證件、安全出行記錄、檢測證明、接種疫苗證明等一大堆證件。

在疫情稍緩下出遊，劉強美嬌希望一切順利，他們雖利用大假，但如在酒店隔離太久，形同囚徒，也太浪費時間。

我們要一間房。

不行。

為什麼？

你們要分開隔離七天。

剛才那對夫婦怎麼可以？

他們是夫婦，再說是本地的；你們從境外來，比較嚴格。

劉強將女友拉到一邊，悄聲罵，一晚三百元，兩房六百元，七天就是四千兩百元，我們哪來的錢？嬌美說，與她吵！

兩間房，太貴了！

不行，你們只是朋友，誰知道有沒和確診者接觸過？

別家酒店都給。

大原則一樣，但具體細節各家酒店自己掌握。你們有沒有帶結婚證呢？

劉強哈哈大笑，反唇相譏道，現代人旅遊還帶結婚證啊那麼老土？又不是半個世紀前。

我們這裡發生過幾次事件，請你們配合一下吧。

劉強又說，其實男女要做那事還不容易？半小時就ＯＫ！我到她房間小坐，半夜，我一個電話，讓她過來……

劉強滔滔雄辯，說得櫃檯負責人滿臉羞紅。

疫情期間，我們是為顧客好！那你們最好戴口罩，病毒最快傳染的途徑就是這部分。服務員一本正經地。

小倆口被逗得開懷大笑。劉強事後對嬌美說，這服務員一定是老姑婆。

經理最後同意安排一間房，只需要付一間房的租金。

辦好手續，上樓，進房，將門鎖好，劉強嬌美一起扯下口罩，齊齊拋向半空，緊緊摟吻。

兩個口罩在半空中自由落體，跌在兩人頭上。

愛情荷爾蒙滿溢的年輕人雖然關係早已不止於親嘴，但疫境中，也有一段時間沒見面了。

篤篤篤，敲門聲。

劉強剛解了半推半就的嬌美一顆紐扣，只好中止；門外的聲音說，剛才你們忘了量體溫，還有，我們服務枱需要拍張照存檔，請下到大堂一下。

啊喲，真麻煩！

* * * *

次晨在小餐廳正喝咖啡時，一位服務員走到他們跟前，說，劉先生，用過早餐，請到服務台一下，有事。

嬌美有點緊張，悄聲問，是不是昨晚我們聲音太大了點？

我也不知道。

事情是這樣的，酒店女經理在大堂對他們說，這次假期長，我們小城酒店不多，家家房間都爆滿了，這兩天我們酒店來了許多長者和殘疾人。昨晚我們工作人員連夜加班，在各層走廊，通道兩端的空地上加了臨時床，有大有小，有單人雙人的，用了薄薄的隔開物，因陋就簡，進行隔離，你們是否願意當志願者？讓出房間給那些更需要的人呢？

這樣啊？劉強和嬌美對看，一時拿不定主意。

可以帶我們去看看嗎？

女經理交代站在一側的服務員，說，你帶他們去看，如果他們同意，順便選床位。

女助手帶他們到了六樓，出電梯，走到通道頂端，看到那通往上下層的樓梯旁，原先空出的一大片空地，此刻用薄薄的三夾板隔成六間，只是沒隔到頂。他們一間一間地看，又在角落商量了一番，最後決定了。

好，我們讓出房間，就搬到這裡，劉強說。

你們選一間。

我們要這間。

這間的雙人床，非常窄，只是比單人床稍大一點。為什麼不選大一點的？女服務員問。

不了。劉強不懷好意地看了嬌美一眼，嬌美知道他的鬼心思，用食指篤了他的太陽穴一下。劉強嘻嘻笑，一本正經地對服務員說，這兒正對著窗外的山水花木，風景好！大的留給更需要的人吧！

好，這一間，每晚只收七十元，服務員說，謝謝你們，配合了酒店的抗疫安排。一會我會協助你們搬過來，有貴重物品可以寄存。

服務員走後，劉強對嬌美說，我們從四千兩百，減半到兩千一百，現在七天只需要四百九十！

七天後退房時，酒店為表彰對抗疫有貢獻的住客，頒發了一張設計精美的表揚函給他們，還嘉獎一封內裝五百大元的紅包，將他倆的大名和十幾位抗疫志願者的名字並列，寫在光榮榜紅紙上，貼在大堂牆壁。

太令他們意外了。

那棵許願樹

那棵許願樹，掛滿了紅色長布條，遠看像燃燒著一樹的火焰。

什麼時候，再牽著她的手來這許願村的許願樹下許願？

許先生與老伴相約，來到此村許願樹下許願，雖然彼此只是默默地念念有詞，但許願內容相同，希望跨過兩年的疫情快早日結束，脫下口罩，恢復出行。

也許，來此是最後一次？

怎麼一轉眼間，已失去老伴的影蹤？老許有點慌。

他顧不上郊野的鮮綠氣息了，排開潮水般的人流，匆匆趕到車站上車，車很快就開了。

乘客看他似乎不太老，沒讓座。

回家，他站在房外，從房門縫看老伴，發現她似乎剛醒來，心中疑惑頓生，明明今早一起出門，難道她不舒服偷溜回家？也懷疑自己近來健忘症日益嚴重，也許是多日前的事了，今早只是他一人上路？一路上遇見的朋友，不都是在請他一路走好嗎？

他沒出聲，靜靜地看她起床，又靜靜地看著她吃她最喜歡的雞蛋加小麵包早餐，看樣子吃得很香很滿意，要不然怎麼滿臉微笑又點頭呢？接著看她將咖啡呷幾口，放下，也許還太燙吧？她繼續看最早的電視新聞。過了約半個鐘頭，才又繼續喝，一杯咖啡就慢慢喝完了。

接著看到她進房，站在鏡子前敷上薄粉，換了一身運動裝，將頭髮束成短短的馬尾，穿上藍色底粉紅花紋運動鞋，走到客廳，戴上早就準備好的白色口罩，還有那頂藍色白邊鴨舌帽，開了門。

她一直沒留意到他在屋內的行蹤。也難怪，他將腳步放得那麼輕，老屋子那麼空曠；進電梯的約有五六個人，他進了另一部，她當然無法發覺。

附近的林中小徑，晨運的人不少，有的戴口罩，有的將口罩拉到下巴，有的警惕性很高，運動到一半，坐在樹下木長椅上才脫下口罩，透透氣。他與老伴保持一段距離，她也渾然不覺。從背影看，快六十的老伴身材雖微胖，但沒有一塊贅肉。朋友們都問，仿佛凍齡的他們，究竟有什麼秘笈？

他站在一棵大樹下，看著老伴做肢體運動，差不多一個鐘頭過去了。

他回想昔日好後悔啊，他一直懶得動，看，她是多麼健康啊

太陽光強烈起來，晨運的人陸續散去。他看到山下有一群大媽還在打太極拳，同一層樓的兩個大叔也參加，每次上下樓，總會在電梯內打個面照。

老伴又小跑了一段路，不時在半途停下踢腿甩拳揉腰，坐在樹下喝水，看看錶，起身，依照剛才的來路走下去了。

他緊跟著，快中午了，看來是要去快餐廳買午餐吧。

她看到她買了一份午餐走回家，他的淚不知怎的流了下來。

這一次他沒入屋，怕她發覺，反正她一切沒事他就安心了。

門沒關緊，他站在門縫外，看她慢慢吃了半盒飯，之後動作緩慢地開始準備祭品。驀然抬頭，老許看到牆上的日期：今天正是清明節。

依然緊隨著她出門，她始終沒發覺。她坐在大巴士尾座，他戴了一頂牛仔帽坐在上層。心想，看她年來一切都安好，沒啥好牽掛的了。

想到那一次的許願，他長長歎了聲，可惜了，沒能再一起去。

微風細雨斜斜來，天氣陰涼銷人魂。一路上見到的都是傷心人。

墓地到了。半年前，疫情基本已滅，戴口罩者不多矣，來掃墓者倍增。眼前芳草萋萋，烏雲壓山，景色黯淡，想到了昔日種種，萬分感觸襲上心頭。

這兒都埋著被瘟疫感染而逝世的無辜人兒，雖都火化了，有關家人卻都希望他們靠山面海，每晚可以聽著富有節奏的濤聲入眠，所以還是擇地給了他們永恆安靜的小築。

他看到老伴走到一個弧形小墓前，將祭品在一張小遺像前擺好，點香火，焚冥鏹。

老許看那遺像，吃了一驚，那不就是自己嗎？才記起他躺在這裡已七八個月了。他想到最後與老伴的許願，竟沒有如願，他還是在疫情的黎明前死去，丟下一個她，禁不住老淚縱橫。

老許，你就安心去吧，我知道你常來探我，今天又來了，我一切都安好啊。

老伴邊說邊豎起耳朵，聽到風動樹葉的聲音，她彷佛聽到老許在遠處的一聲歎息。

那棵許願樹，掛滿了紅色長布條，遠看像燃燒著一樹的火焰。

何時，再牽著她的手來許願樹下許願呢？

特約的時分

她一早醒來，努力回想昨夜臨睡前接到的電話，可惜一直回想不起來是誰。看看手機的記錄、住宅電話的記錄，都不留痕跡；再查閱所有單人來往的短訊、微信，都沒留下有關文字。她苦惱萬分，半靠在床頭，再次陷入冥思苦想，究竟是誰與她約定今天見面呢？最怕是將昨夜夢裡的情景全都當真的了。這幾年，她覺得時間流逝得渾然不覺，自己老得快，記憶力遠沒以前好了。

那麼，那麼，不會有誰，一定是他了。

她是無法與他聯繫的，一直只是他找她。他永遠是那樣沉默寡言，何況已經去了那麼遠的國度。他總是出現得那樣出其不意，像去年，沒有預告，就那樣靜悄悄地回來看她，他躲在她看不到的地方觀察她的生活。令她處處感覺到，又無法聯繫他。唉！

這次他來了，她開心。

大約中午十一點，她怕假期餐廳人多，就先慢慢走到以前他們最喜歡去的咖啡館。

幾位？一個服務生走過來，問。

她回答說。兩位。

服務生擺了兩套叉子湯匙和餐紙。

一份鯖魚套餐，一份鱈魚套餐。

飲料呢？

兩杯咖啡。

什麼咖啡？

就普通的吧。

一陣輕風掠過。她看到他走來了，背包擱在卡位裡側，他看到卡位沙發微微凹陷，他依然不胖不瘦；也依然不言不語。

兩種套餐先後送來。

如果世界上有心靈相通，他們之間進行的就是了。

妳過得還好吧。他問。

好啊，她回答，沒事的。你呢？

雖然冷清了點，但新朋友陸續來，也不太寂寞了。

她點點頭，明白，我，一切安好，疫苗也早就打了，放心吧。

我是放心，就是免不了有時會掛念。

兩人說話間，飯吃了大半。剩一半，為節儉，她從手提袋裡掏出一個膠袋，他助她將他吃不完的一半和她吃不完的一半盛進飯盒裡，然後推向她，說，當晚餐吧。她想，他一直沒忘記這習慣啊。

去年的今天，你老遠來看我，也沒事先聯絡，唉，我都不知道，這次我們先約好，在這先見面，這樣好呀。

嘿嘿，我知道。去年，我是怕驚動妳，所以一路看你起身、運動、吃飯，知道妳一切如常，我就放心了啊。

有時我遇到不順心的事，好想早點去找你呢。

千萬別啊。妳過得那麼好，小城有美食，將來還有不少新鮮事物呢。何況，自從疫苗發明以後，這一場疫情，接種的人多了，有了群體的免疫力，我相信，遲早會和歷史上所有瘟疫一樣，會有結束的一天。妳又何必太早過來，再說我們是有緣人，遲早會相會的啊。

好的，我就聽你的勸，好好鍛煉身體，珍惜當下。

……

她知道他以前的習慣，不論飲了什麼飲料，最後都要喝半杯白開水。就替他喚來服務員。那服務員來到，收拾盤碟叉子的時候，看到兩大盤的套餐盤底被掃得很乾淨，半顆飯不剩，微微吃了一驚，心想，這對老夫婦好會吃呀。更感奇怪的是，今天，走經這個位置，都始終沒見到她的丈夫。這是怎麼回事呢？他忍了好幾次，還是禁不住地問了：

咦？妳先生呢？

他在呀。

服務員左右前後看了，甚至座位底下都看了，生怕她的丈夫有什麼超能力，躲藏在那裡，但尋遍了，都不見他。他只好以懷疑的眼神望瞭望她，不甘地將檯面收拾和擦抹乾淨，最後狠狠地看了她一眼，還是走進廚房了。

她還了錢，依然按照以前的習慣，他本能地疾走，她走得慢，然後他感覺到走得太快了，在前面停住等她，一起上了車。也是按以前慣例，她坐在靠窗位，他坐在外面通道位。

巴士往郊區墓地方向行駛，約莫一個小時後他們下車。

天色陰陰，芳草萋萋，遠山沉沉，淩晨的細雨，令一些矮系草木的葉子上還垂掛著傷心淚。墓地裡人山人海，上空煙霧繚繞，哭泣聲聽之斷腸。

快到他的家了。

他說，快回去吧，送到這可以了。

她說，我送送你的背影。

他說，好吧。

她說，我一切安好，不必常常出來看我。如果有什麼事，托夢給我就可以了。

她看到他的背影終於在遠處的墓叢裡消失。她還是依依不捨，慢慢走了過去，在一塊墓碑前立住，然後將帶來的他平日最愛吃的奇異果、鳳梨酥擺上。

晚上吃吧，她念念有詞。

她上了車，坐在車位上刷手機裡的月曆看，心想，今年的清明正遇星期天，難怪人這麼多；明年的清明節是星期二，我們再約吧。

打疫苗 抽巨獎

小城上層在開會，緊急密謀打疫苗事宜。二十餘位代表中，有官員、醫療專家、醫局官員、大商賈，媒體、各行業代表。

截至昨夜為止，全城打疫苗的不足三成，這樣對抗疫很不利！……主持的官員說。

有人不滿意媒體說：媒體對副作用誇大其詞，有死必報，而且不管什麼原因，一律歸咎於打疫苗，小市民如何不怕？助長了畏懼心，起了反作用！

媒體代表不滿地反擊，我們是客觀報道，只說死前打過疫苗，沒有說死於疫苗。

爭論益發激烈，唇槍舌劍，爭鋒相對，臉紅耳赤。

主持者說，好了好了，不要爭論了。來一點建設性的。

醫局官員說，三四種疫苗我們都採購了，數量而且足夠全城市民接種，現在全城三十幾處疫苗接種站，每天只有小貓幾隻，冷冷清清的，義工都沒事幹。與會者紛紛搖頭歎息，都說，疫情蔓延了快兩年，大家不願意死，日盼夜盼，期盼疫苗製造和開發成功，現在疫苗大普及了又怕副作用、怕死，不敢接種，這樣全球的疫情，哪裡會有遏止的一日？

醫療專家說，是啊！看資料，到六月十七日為止，全球確診多達1.778億人。而死亡的有385.3萬，那麼嚴重，那麼嚇人，大家不怕疫情，反而怕死於可以增加活命機會的疫苗！

大家你一言，我一語，紛紛歎息、萬分無奈，感覺一籌莫展。會場沉默了好一會，一個商界代表兼某大集團董事會主席，半認真、半開玩笑地說，我們可以玩大抽獎，抽獎資格規定需要打過疫苗的，也許會有刺激作用？

好啊！在場的代表們不約而同、異口同聲地表示贊成。

那位董事會主席見反應熱烈，說，我們最高獎甚至可以送出一層樓！

在場的大嘩。二十來雙眼睛一起望向這位董事主席。相信他不會信口開河；誰不知道他的大集團這十年來，在小城和小城以外的不少地區賺得盤滿缽滿，送一層樓出去，只是猶如在巨人龐大軀體上搔癢。

我們除了首獎一層樓，還可以捐出幾十份現金獎。我們商會還有不少老闆可以捐出不少獎金。董事主席見大家聽得專注，繼續將設想說得頭頭是道。

一向說話沒分量的商界代表，感到今日發言的效果太出乎意料之外。

……最後，小城決策者希望他盡快拿出刺激方案，會議就結束了。

既可以達到集團的宣傳之效，又可以為抗疫做出貢獻，當幾家商界大集團聯手捐獻，合共出資八千萬當獎金時，整個小城沸騰起來了！八千萬的獎金都只是現金獎，分了好幾個等級，頭獎則是一棟約五十平米的新落成樓宇……媒體幾日內加予廣泛宣傳，抽獎辦法公佈當日，小城預約疫苗接種的市民暴增，原來每天預約不足一百名的，當天就暴升到二十幾萬。有許多不懂預約的，乾脆直接趕到接種處排隊打針。可惜每天都有一定的名額限制，有的排隊者當天輪不到，讓家人輪班和接班，一直挨到第二天上午的九點。

小城前三個月達不到的接種數字目標，抽大獎的超級大消息猶如一尾巨魚，丟進了開了大火的熱鍋，讓小市民的情緒興奮地炸開了。

眼看接種數字可怕飆升，小城決策者生怕失控，連夜召開了緊急會議，商量對策。幾個被大商賈約來出獎金的商界代表，首次被召集開密會，感到很意外。

開會的結果，是大商人聯手成立疫苗抽大獎基金會，又各自爭先加碼，將獎金數目又推到一個極致。小城首領眉開眼笑，心想，以前我這個小女子看不起他們，以為他們渾身銅臭，精神境界窮到只有錢，沒想到疫境的關鍵時刻，發揮了鼓舞人心的作用，解決了疫苗過剩的問題，短短幾天打針者人數超越三個月的總和——他媽的太棒了！小城百年紀念日慶典那天，給他們發發抗疫有功的勛章吧。

＊　＊　＊　＊　＊　＊

十幾天后，預約者和已經打針者，達到了五成。按照這樣的趨勢，再過一個月，小城接種兩針者就可以達到人口的六成，即半數以上了！

一著名報刊記者採訪其中一位排隊者，問他們為何積極打針？

一個説，不需要再苦惱做一輩子房奴，搏一搏，萬一真能天外降賞一層樓，誰不要？

另一個説，重賞之下必有勇夫，二獎據説是港幣十萬。有三十份，機會大，差不多就是我一年工資了！

又一個説，我們中獎的話，準備疫情結束去蜜月旅行！

還有一個説，用錢刺激打疫苗，對我們這種愛錢良民很受落的，好過你空洞的號召。是的，有錢能使鬼推磨，有錢誰都不怕死啦，何況副作用算什麼，那是被誇大了！

誰也沒想到，短期內，打疫苗的比率覆蓋了小城的六成。

捐獎金的幾個老闆大宴客小慶祝，幾個代表狠狠罵道，還罵我們渾身銅臭嗎？你們政治家辦不到的，我們辦到！我們一撒漫天鈔票，還怕沒人搶著撿拾？個個爭得頭破血流哩！

新變種襲城

疫情一波又一波的，從東方到西方，又從西方到東方，唉，變種又異軍突起，……太可怕了，唉……

陳老伯歎了一口長氣後，加了一句：我們不要再出門了吧。

剛剛吃過晚餐的陳家老伯，與老伴陳太坐在陽臺的籐椅子上，閒聊近期瘟疫病毒的新品種，一個面有戚色，一個眉頭緊鎖。

宅家好，但我們沒有子女，附近又沒有熟人，叫外賣又太遠，不出外購物怎麼行？老伴搖搖頭。

新變種聽說很毒，一旦確症難醫。我們已經坐六望七，活得夠本了，死就死吧。陳老伯搖搖頭。

現在六十算是年輕人，七十你就滿足，就夠本！嫁了你我是瞎了眼了。老伴不服氣、不甘心，病毒，專家都說了，會持續五年，我就不相信我們等不到二零二四年或二零二五年就束手待斃死翹翹。

陳老太有點氣，老公那樣悲觀失望，反問他，想怎辦就怎辦，夫唱婦隨，一切跟他。我們就關密門窗，雙雙吸煤氣。

陳太太聽了大驚，說，那樣人家還以為我們搞婚外情，一起殉情。

陳老伯聽了，破涕哈哈大笑，那就約好不出門，餓死好過毒死。萬一一個中新毒，送都不可送，孤單上路，多麼慘情！一起餓死，還有老伴在旁邊相陪。

小城被他們不幸言中，電視剛剛在播，新一波疫情隨著入境的放寬開放幾天，開始大爆發。一家酒店住客大檢測居然呈陽性的多達一百多人，在社區幾棟大廈住客檢測結果，也有一百多名呈陽性，當夜被強載到方形醫院隔離。新疫情來勢洶洶，一如當初爆發期，蔓延十分快速。

新變種病毒傳染得很快。

陳老伯夫婦住處在新界偏遠農村一角，沒有店鋪，沒有超市和餐廳，都要到相當遠的地方採購，叫外賣人家也不願意送。本來距離市區遠，不怕病毒才對，但前面幾波的疫情，都有人確診；主要原因人口流動，加上大都不注意防範，不留意衛生，病毒無眼，早就有許多人中招，傳染開來。

他們沒有子女，因此當家中彈盡糧缺，三餐無以為繼，不出門，唯有等死一途。

餓了一天。

餓了兩天。

餓了三天。

陳太太還好，平時飯量、胃口沒有丈夫好，可以喝喝水，但陳老伯只是喝水，無法飽，只好喝水加喝咖啡，但喝多了就拼命上廁所，依然餓得不行。

第四天中午，公婆倆感覺渾身沒勁，可能死期快到了，雙雙牽手躺倒在床上。

陳先生歎了一口氣說，想不到也可以堅持到第四天！但餓太難受啦，如果妳聽從我的，吸煤氣，就不必那麼難受了、受折磨!

陳太太說，你真沒用，四天算什麼英雄，人家地震被困在地底的亂石層下，十幾天沒吃東西也堅持活下來。

陳老伯說，我有點後悔了。我想活呀。

你不想出門，誰來幫我們買飯或買菜呢？陳太說，一面責備老公為人軟弱，一面後悔不該夫唱婦隨，傻傻地跟老公糊塗，應該主導夫婦倆，爭取活著呀。再說到外面走走，染病或不染病的機率各占五十巴仙，打的是五五波，病毒再厲害也未必只有死一途。唉！

老公此時沒有聲息，似乎睡著了，陳太太緊張起來，將手放在他鼻子上試試，看看是否還有呼吸？有，但已經很微弱了。

陳太想爬起來端杯水給他喝，剛剛支起半個身子，渾身一軟，腦子一陣暈眩，倒了下去。她開始緊張起來，難道真的生命大限已到了。後悔最初太怕死又太敢死，想活著時又距離死不遠了，此刻，好像一切都太遲了。她眼睜睜望著天花板，又看到牆壁上貼滿他們公婆倆多年來旅遊世界各地的照片，一時後悔起來，悔不該厭世，在病毒新變種面前繳械投降。她真後悔呀！昏昏沉沉地，她開始覺得很困，很困，再次用手放在老公鼻子上，感覺他的呼吸有是有，但已經氣若遊絲了。怎麼辦？她看到、感覺到自己也彷彿已經進入一個太虛仙境中，聽，鈴鈴鈴鈴……急促的催命聲音彷彿從天國傳來了。她再仔細傾聽，原來是床邊小幾上的電話響聲。

她拼命坐起來接。

誰呀？

我是小穎，還記得嗎？

記得呀。好多年了！

我搬到康田村屋來了，距離你們家不很遠。我現在已經在你們樓下，來看你們好嗎。怕你們不方便出外，我順便買了兩盒麻婆豆腐飯上來。

好的……

陳太太趕緊猛力搖醒老公，大喊，起來，起來，小穎來了、來了。

小穎？小穎誰呢？老公迷迷糊糊地。

說話間，小穎一陣風似的，已經站在他床邊。看來是老婆給她開的門。

老婆邊扶起老公，邊埋怨他：看看你、看看你，死了一次就糊塗了。

小穎捧著一本陳老伯房間書架上的老陳著作《活著真美好》，說，謝謝伯伯二十年前寫的這本書，救了因為學業不合格幾乎尋短見的我，可惜伯伯你出了幾本書後就封筆不寫了。最近千辛萬苦打聽到你們住這裡，今天我就是來感恩的。你們出門不便，疫情期間，我可以天天送飯過來，約時間帶你們去接種疫苗，好嗎？

大夢未醒的陳老伯愣愣地望著小穎，好似聽不明白，他正在埋著頭專心致志地吃他那盒美味的麻婆豆腐飯，一盒飯好快被扒剩半盒。

老婆望著他，一邊笑，一邊悄聲罵道，沒卵孵！

小巷咖啡館

夜晚八九點光景，小巷靜悄悄，天氣冷得行人哈氣呼白煙。

巷口咖啡館還沒打烊。

老闆沒想到走進來的是她；她也萬萬想不到，當他端來咖啡和一小瓷杯牛奶，說「奶自己加」時，認出了他。

那把磁性寬厚的聲音非常獨特，讓她認出了他——她的前夫，儘管他戴著口罩。

外面很冷吧，他以驚喜的聲調，望著美麗依舊的她。

她點頭，我看午夜場，剛散場。

妳先飲，我馬上把三文治做好。

他在廚房忙了一陣，很快將熱氣騰騰的兩份雞蛋三文治捧出來。她風捲殘雲地吃完，感覺酥軟美味，非常棒；咖啡喝完後，他送來一碟切得精緻的橙和蘋果。

看樣子非常餓？怎麼會來這兒？

口罩供應站就在附近。買口罩排長龍，午餐晚餐兩餐沒吃，好看的電影公映最後一場，她答。

哦。

咖啡館開了多久？當老闆了，了不起。她讚。

小館而已，不到一年，就遇到了這倒楣的疫情。

住的，還在老地方？

是的，我們以前的小窩。

真沒想到，久別還能重逢，而且是在咖啡館。他繼續意味深長地說，本來，我想命名它為「傷心咖啡館」。

……

他硬是要請客，她堅持自己埋單，只接受了他送的一小碟水果盤。

臨走，她想看看久別三年的他，他始終沒有脫下口罩。

從咖啡館走了十幾米遠，回頭望，他還站在門口看著她的背影，也許看得癡了，沒有發覺她的回眸。

＊　＊　＊　＊

叮噹。

她按門鈴，觀察久違三年餘的老屋，門面門框都被擦得鋥亮，內心翻騰。三年前，他只是口氣不好地說了她一句太遲起床的話，她不滿意他管她太多，當時就回了一句：「我走！」於是提出離婚，先實行分居三年……對自己當時的衝動不禁奇怪和後悔起來。也許本來就嫌棄他老實愚蠢，人又欠幽默風趣，怨氣積壓累積多了終於爆發。那時儘管他是多麼不願意，那麼捨不得她，最後還是被迫簽下臨時分居協議書。

沒想到他放棄了打工生涯，開了一家咖啡館。更沒想到就在幾天前的午夜，她隨意走進他新開咖啡館，遇見到了他。

這時，門開了一個縫，他的面孔在閃現，顯出一臉的驚喜……

不會打擾你，驚醒你的好夢？

十點了，妳知道我每天都很早起床。

她留意到他的下巴佈滿了黑壓壓的鬍鬚，搖搖頭說，該刮了。

以前都是一個月一次，都是妳幫我；妳走後，拖到三個月一次。

她聽了有點心酸。

怎麼想到開咖啡館？

我想到妳有進咖啡館的習慣，而且最喜歡試試最新開的咖啡館。三年來，千方百計聯絡妳，妳換了手機，沒有任何音訊，我為了再見妳，就開了這樣一家小小咖啡館，想到總有一天……

她聽了無法不感動。始終，他講每一句話，都是那樣認真。

他請她坐在沙發上，她卻一直站，觀察著她曾經熟悉的屋內一切。客廳擺設都是三年前的樣子；窗子，也按照她的習慣，打開五分之二左右。

他陪她走了一段，就說了，那妳隨便看看，一切都保持舊的模樣。我在廚房，炒幾個小菜，中午我們在家隨便吃。

好的。

她走到主人睡房，幾乎眼濕了，大大的雙人床，床單被拉得筆直平滑，三年前的日子，她最讚賞的就是他製作的早餐咖啡和睡床的收拾；床上，依然整齊地擺著兩個枕頭。粉紅色的枕巾洗得非常乾淨。睡房內飄散著一種茉莉的香氣，那也是她最喜歡的，每晚都要噴撒一點才能睡得著。看到此，她掏出紙巾抹淚。

三年了，他一直尊重她的習慣，他根本不知道她今天會來。

中午，他端出碎蛋炒韭菜、雞絲豆芽、涼瓜釀豬肉和兩片煎荷包蛋，那都是平時她和他的最愛。餐後，還煮了兩杯香醇的咖啡，端到茶几上，用小湯匙為她慢慢搖勻糖和奶。

一直到下午三點，她才離去，臨走與他建立了微信。

* * * * *

大約一周後，她拎著一個大皮箱回到了他們三年前共築的愛巢。

兩周後，午夜咖啡館的收銀處，多了一張舒適的大班椅，那是從家裡她最喜歡坐的一張搬來的。她坐在那裡幫他收銀。

他問，小巷咖啡館要不要改名為「遇見你咖啡館」？

她搖搖頭，道，不了，還是舊的好。

快樂加油站

憂鬱病患者悠心從心理輔導師那裡回來就對同事小林發牢騷。

什麼心理輔導師？我問，我有喜歡的人怎麼辦？他說喜歡就大膽去愛。可是我喜歡的都是有婦之夫，問他怎麼辦？他說不要壓制自己……這樣的心理輔導師，我服了他，簡直不顧後果，太自私！我看了四五個了，都無法解決我的問題。我看還是慢慢讀點有關的心理治療好書，自己解決吧。

也是的。最近我們小城購買了專治憂鬱症的特效藥，聽說效果特別好，我認識的幾個朋友都治好了。妳不妨試試。這是宣傳單張。

悠心一看，說明書很簡單，一個圓圈，圈內分成好幾個部分，如道德、閱讀、散步、運動、活動、交際、飲食等等的比例，每一種成分都從植物提煉出相應的類似營養素或葡萄糖一類液體，一旦注射，體內就具有那種成分。「抗鬱快樂油」就是這多達十幾種液體的結晶，晶瑩透明，香醇無比，酷似液體水晶。

小林取出一支「抗鬱快樂油」，說，市面上還不普及，比較貴，一千元一支。可以開車到公家注射站打，一次只需要五百元。悠心借來一看，管子貼著二零四一年製造，有效期兩年。她對小林說，好的，我還是到快樂加油站去注射吧。

悠心幾年前因為心愛的母親去世過度傷心，開始患上憂鬱症，失眠、無食欲、焦慮、情緒低落、終日不安，日益消瘦，只好請大半年病假；公司對她雖然不錯，但她看了幾位心理輔導師，病情並無起色。尤其是感情方面，一經輔導，更加令她無所適從。

抗鬱快樂油上市，為她帶來好消息。

那些輔導、治療過我的心理輔導師苦口婆心，已經盡了他們的力了，我也不可太責怪他們。價值觀不同，在我身上行不通，只好看看藥物行不行了。這有點像二十年前對付新冠病毒的方法，最後還是依靠疫苗對抗，增加我們人類的抗體。

為了讓悠心放心，這一天閨蜜小林特地陪她到醫學圖書館查閱有關「抗鬱快樂油」的資料。可惜，剛剛發明不久的這類藥物，網上資料不多，只知道發明者為中國女性，昵稱阿芝大姐，原籍安徽，如今雖然八十了，但童顏鶴髮，面若圓月，光滑如雪，宛若二八少女，誰都沒想到她原先也患過嚴重的憂鬱症，幾十年來專心致志研究對付憂鬱的藥物，終於建立起龐大的製造「抗鬱快樂油」的王國，造益天下。

查閱時悠心讀到一本書的資料，感覺到萬分震驚，二十一世紀，由於疫情、戰爭、動亂、饑餓、貧窮、罪案、動亂、天災、死亡等等各種複雜的原因，憂鬱症比新冠疫情染病的人數更多，達到八億（人口估計約八十六億，占了十分之一）。專家分析指出，憂鬱症患者太多，是人類的大危機。他們從人類變為非人類，構成社會的大負擔，發展下去，不堪設想。

悠心搖搖頭歎了一口長氣，我變成了社會的負能量了，我能不著急嗎？

那就注射吧，不必猶豫了，我替你網上預約。

好的。我們到哪兒打呢？

小林說，我們小城的快樂加油站有三十幾處，到處都可以打。我就替你預約最近你家的。OK？

像汽車加油站那樣的？

哈哈，當然沒那股汽油味，也沒有那些粗傢伙。汽車加油用粗粗的管子加油，為憂鬱症打抗鬱快樂油則用很細的針。

小林開車，載悠心到快樂加油站打針，但見加油站前一輛輛汽車排長龍，那些工作人員穿著整齊漂亮的制服，上前趨近車窗為悠心打針。

悠心問，打後多喝一點水嗎？

打針護士說，不需要，今天躺在床上聽聽一兩首古典輕音樂即可，很快就可以進入快樂的境界了。

哈哈，真新鮮。

歸途，悠心想去探望過去幾位曾治療過她的心理輔導師，沒料到心理輔導室成行成市的十一層走廊，空無一人。打探之下，才知道醫師們都在同一日往另一個快樂加油站打抗鬱快樂油了。據說，自從新藥發明後，他們的病人門可羅雀，醫師們也都從感覺焦慮到患上輕重不同的憂鬱症，無法自療，只好也求助於快樂油了。

小城沒多久就成了一座快樂城。

著名的發明者阿芝大姐悉知後大悅，穿著平民便服來到小城巡訪，瞭解民情。小城居民早就風聞，那天萬人空巷歡迎她，多次將她一起拋向半空，阿芝大姐的哈哈哈笑聲，震動寰宇，連天上的雲彩都開心得紅了臉。

悠心對小林說，阿芝大姐八十像十八，美！

小林笑道，是，快樂讓人忘了年齡，進入凍齡，好！

保鮮期茶座

好，等著你的好消息。

母親望著小丁走向大門的背影，又大聲地將他喊住。

我再說一遍，什麼都不重要，就是保鮮期第一，要選最久的！

知道了，媽，你連這一次都囉囉嗦嗦講了八九遍，我兩耳都起繭了。

你看這些，就是保鮮期太短，吃了怕出什麼事，丟棄又太浪費！

母親將兒子拉回廚房，打開雪櫃最下冰格和其他各層給他看，指著那些凍蝦、鮭魚、鱈魚、餃子、橙汁、豆腐、麵包等物，說，東西都花錢買來，你老爸一向粗心大意，沒看有效期，沒多久就過期了！

知道了，媽。

還是我陪你去吧？我真不放心你。今天選的又不是一般東西。

不了，媽，你就讓我我徹底斷奶吧，我都四十了。

母親哈哈大笑道，我就相信你的眼光一次。

小丁走進超市，走過蔬菜區域、水果區域、飲品、凍肉、凍魚區域、雜糧區域、醬醋區域、早餐區域、公仔面區域……看到前面就是目的地，心情驟然緊張起來。他雖是罕見的狂購男，每次出門多少都會掃些貨帶回家，但粗心大意的他常常忽略看保鮮期，以致食物逾期丟棄。家裡冰箱各種溫度的儲存格已經爆滿，母親千囑咐萬交代不要再購物，母親說，你缺的只是身邊人！另一半！

是的，今天選的不是普通的對象。一輩子都要靠在身邊哩。

邊走，並不如煙的往事就如錄影回帶那樣快速在腦海掠過，自由戀愛啊、父母之命相親的啊，都失敗了。多年前好不容易登記、試婚過一次，關係只是維持大半年，保鮮期就過，彼此選擇和平分手。

幾年前世界頂級科學家和醫學家聯手，經過無數次試驗，終於發明了婚姻保鮮疫苗。它可根據每個人不同基因、荷爾蒙分泌情況、血型等等不同因素，接種適當的婚姻保鮮疫苗，之後就可以擁有保鮮期長短不同的婚姻生活，成為人類的世紀性大事。

二零七一年一月島城訂購的婚姻保鮮疫苗運到，蜜運期內的男女固然需求若渴，婚後患感情厭倦症的厭男怨婦更是如遇救命稻草，網路預訂排期很長。直至二零七二年一月三日小丁好不容易輪候注射完成。他很幸運，婚姻保鮮期可以長達八十年，母親非常高興，今天就一直交代，你要找個保鮮期旗鼓相當的老婆才好！

小丁快走到婚姻區域了，他先是看到牆上張貼著一張表格，統計著半個世紀以來島城的婚姻保鮮期百分比：

2年（紙婚）20%，5年（木婚）60%，10年（錫婚）10%，15年（水晶婚）5%，20年（陶婚）2%，25年（銀婚）2%，30年（珠婚）1%，40年（紅玉婚）0%，50年0%

他讀完搖頭歎息，沉思一會後繼續走。

島城最大的超市，早已相應地劃出一個大區域，特設了一個婚姻自由對談大型茶座，約擺有一百張雙人枱、兩張小椅子，一張讓登記付費了的相親男或女坐著，另一張空出，讓有意的坐下。最重點也最令人矚目的是坐著尋覓另一半的在左邊臂膀處，套上了粉紅色袖章，和食物一樣，印上了出生日期和婚姻保鮮期，字體很大，遠遠就可以看到，不像食物包裝上的出產日期和有效期用了最小字體，印在你要費時費眼才能找到之處，還得借助放大鏡。

來找對象的不少，到處是哈羅、您好的招呼聲，臂膀都掛上印有生日期和婚姻保鮮期的標誌。走進茶座，大家第一眼看的就是保鮮期，第二眼才是長相。

茶座差不多坐上五成了。小丁繞了一大圈，算是走馬看花式地巡視，那些稍微漂亮的美女前面都排著好幾個男人，他遠遠看到一位不很美的女的，臂膀上寫著保鮮期為八十年，大喜，趨前打招呼，妳好！

您好，請坐，小姐也站起來招呼。小丁坐下，覺得對方雖不是大美女型，但也不醜，屬中等姿色，禮儀得體，談吐優雅，很惹他好感。

他第一句是，我們保鮮期都是八十年，太巧了。

是啊！請問是處男嗎？她問；她自稱小婉。

不是，結過一次婚，半年就離了。

原因？

失業半年，還沒找工作期間，就嫌我沒本事、沒錢，她不能共苦，求去。

這樣啊？

妳呢？

哦，我也不是小姐了，是女士，也有過一年婚姻，丈夫病逝。

哦。

彼此又詳細、真誠地談了自己的家庭、學歷、工作、收入、目標、生育、對愛情婚姻看法、優缺點、興趣愛好、婚後的計劃等等情況。談得很投契，好感不斷升溫。為安心起見，雙方最後還看了彼此的婚姻保鮮期疫苗的接種證明。

小丁說，不嫌我？

什麼？

這個，小丁指了指自己的臉，說，我是大醜男。

小婉大笑，不醜啊，我看好帥的。

一向自信心不足的小丁大喜。看來彼此應該是沒意見了，小丁掏出手機。

小婉問，打給誰？

向老媽報告喜訊。

慢點，你還有一道程式沒完成。

小婉站起來，微微翹起嘴唇，閉上雙目。

小丁心領神會，輕輕摟抱小婉，彎腰俯首吻了下去。

十分鐘後小丁才鬆開，就打給母親，媽，圓滿成功了，她的保鮮期也是八十年！

太好了！母親狂喜大叫。

閻小羅的故事

天天發那樣的訃告，沾得我們一身黴氣！

不分日夜地發死人消息，真是怕了他！

……

雙全姓閻，外號不少，一會被人叫小瘟神，一會有人稱呼他倒楣鬼，更有人喚他阿閻、小羅，都對他敬而遠之。「閻小羅」由來，除了因為他姓「閻」，和閻羅王的第一個字相同外，主要還是他在沒有群規的五百人大群組裡，別人轉亂七八糟的東西，唯獨他獨沾一味，專發死人消息。他的微信，幾乎成了訃告欄。

有人很好奇，怎麼他有這種特殊嗜好？

有什麼奇怪，就有人不喜歡讀書，專讀訃告哩。

於是紛紛搖頭歎息：閻羅王有牛頭馬面和黑白無常專司人類離世的新聞，這《地球村一家人》大群組沒人委託他，他卻自告奮勇擔當了那種黑角色。

大群組員雖大都在本地，彼此相識的很少；最初一些熟人還會發發哭泣，祭拜表情，或寫一兩行字，表達希望逝者親屬節哀順變之類的話語，不太熟悉的跟跟風，也就複製他人的字句表情，再發一次，送別離世者。群內一片愁雲慘霧，瀰漫著一片哀傷的氣氛，那是小羅最滿意的。但慢慢的，熟悉的親友不多了，漸漸也沒多少人反應了，主要是死者名字陌生，到最後，表態者寥寥。

這時，又有幾隻潛水魚在私聊中議論：

有十幾人陸續退群了。

看來死者有些連他也不認識，他真太多事！乙說。

我去勸他！甲說。

晚上，潛水魚甲氣急敗壞來告，說，這個閻小羅不好對付，還沒有提到要害，他就反應超激烈了。他說你們幾位缺乏人性，太過冷漠，不表態，不出聲，簡直是冷血動物！我說，有意見的不止我們幾個人，有的離世者多數人不認識，你也難怪人家不出聲，認不認識感情是完全不同的，何況大家那麼忙碌，沒有哭泣表情不等於不痛惜！他駁斥道，不管認不認識，發個哭泣表情，敲幾個字安慰家屬一下，能花多少時間？做人別太過分！

潛水魚乙丙丁不約而同地說，那就隨他要怎麼做就怎麼做了。大不了我們退群。

為了這個不吉利的人退群，也太不必要吧。

這些人也太鳥了，難道他們沒有死的一天？何必對死亡那樣忌諱呢？閻小羅心想，人的生命只有一次。再沒有比這更大、更重要的大事了！所謂死者為大，我何必理睬你們？

不久，群內發生一件事，令閻小羅覺得自己更對了，那些把他認定為瘟神的人，都是冷酷無情的傢伙！

事情是這樣的：

且說群主好久沒在群裡亮相了，小羅知道他身體不好，但哪怕如此，他通常也會三四天亮相一次，寫幾個字，如早安、大家好之類，這一次群主長達七八天沒消息，閻小羅暗覺不妙，在私聊發訊去詢問，冒出的是群主的妹妹，才知群主昨晚因病走了。小羅問了詳情，在群組裡發了訃告。

這一下震動了整個群組。

群主一向人緣極佳，大家對他印象特別好。整個群三分之二組員發了表情和簡單悼辭，微信一片哭聲。

小羅這時候沒有見好就收，他居然有一種滿足感，原因是：一，他是第一個知道群主走了的人；二是他的生命至上觀得到一次最有力的證明。他又發了二十來張靈堂告別儀式的照片。

熟人逝世新聞發完，他開始發娛樂圈大小人物、社會名人等暴斃、猝死的消息，當然很快就被人刪刪刪刪刪……

慢慢大家有點怕他了，好像他渾身都散發一種晦暗的、剛從閻王殿走上來的氣息。大家一看到手機跳出他發的文字，都認為多少和訃聞有關，沒看完就全刪刪刪了！

疫情基本清零後半年，一切社交活動正常化。小羅嫁女兒，他在群裡高調地發婚宴請帖，邀請組內的全部組員來參加他女兒的于歸之喜晚宴，還歡迎大家攜眷出席，他預定了三十酒席恭候，來齊可坐滿三百六十人。

但大家腦海裡他就是大閻羅派來的無常，感覺他就像那位每天撫摸遺體臉和身體的化妝師一樣，一身黴氣，不敢出席，不敢接觸他，大部分人還沒看他發的喜帖就刪了。人們認為，像他那樣的人，哪裡會有什麼喜訊呢？

那晚，除了自己的親友一席外，出席的來賓只是勉強坐滿一席。

唉！也有多位同情他的群友為他不值。

深秋郵局

秋深了，冬寒已經在一株株樹下等候。

一年來疫情稍緩，來郵局的人漸漸多起來。今天是局長值班日，我九時半準時坐在櫃檯後的局長位置，看著開門後進來的市民排著兩條長長的隊伍，繳費的、領郵件寄郵件的。這社區的小郵局僅此一間，五六位局內職員打起精神，效率極高地從各自櫃檯窗口的小窟窿交接郵件或單據、支票。

我半小時內處理完十幾個人的事務，約十時許，聽到有人親切地喚我：曾局長，早安！抬頭一看，最後一個男人，站在櫃檯小窗口，一對微笑的眼睛，從鏡框後向我投來，儘管鼻嘴都被一個大口罩遮去，我還是從他那把磁性低沉的聲音和花白頭髮認出了他。

黃生，早安。好久不見。你好似瘦了很多？

每天都在海邊慢走，最多時候走一萬步，在家在寫字樓都做半個工人。

難怪！我嘖嘖讚歎。

差不多有一年沒見妳。他又說。

我從窗口接過他從環保袋取出的十幾件用牛皮紙包紮好的郵件。我一一看過後說，那麼多，都是寄大陸？

嗯，都掛號吧。黃答。

我說，我給個意見，掛號就免了吧？那要貴很多。

黃先生猶豫著。

我進一步解釋，其實你不用擔心，我們這境內一向安全寄達，很少丟失或出什麼意外。除非……我建議黃先生不需要掛號了，那是一大筆費用啊，我好心地想替他省些錢。

我想起疫情前好幾年，這黃先生熱心腸，替文友推薦作品，收集、積存，到了一定時候就將發表作品的有關報紙整理好，到我們郵局來寄給文友，單是整理、裝袋或包紮、對地址、貼地址，排隊就要花費不少時間，還自己掏錢付郵費，何況還不是一個人，而是十幾二十來人，那時，他最多的時候一周內來三四次，分批寄出。我沒見過這一區有那樣的文學義工，做這樣特別的服務。

我之所以知道這些，那是和他熟絡了。他至少有五六年來常來我們郵局做類似的事情；而熟絡，是因為一本書而結緣。那時他不太熟悉我們郵局的各種寄法，有次寄包裹，我將幾種寄法的特點和費用告訴他，替他選了一種最快又最優惠的服務，令他節省了一百多元。還有一次，他在外地印刷的一批書途中雨濕了好幾本，我讓他填表，替他辦好向對方郵局索賠的手續。黃先生大為感激，半年後送來他的一本新書給我，裡面赫然收錄了一篇《給香港郵局點讚》，表揚了我和我們這一家小郵局。我們的意見簿裡百分之八十是苛求一類的批評，何曾被誇獎過？還入了集子？

我腦子閃過幾年來的往事，聽到黃先生說，好！那就不必掛號吧！

見他後面沒人排隊了，我就邊將寄件、稱重、掃描、貼標籤，邊和他閒聊。

我說疫情期間，少見你過來。

是的，那時你們不也只開半天嗎？

嗯，我說，現在疫情緩解不少，到郵局的人又多起來。

是的，我對文友也不好意思，太久了沒寄。海外好久才寄來一次是他們的事，到我手後拖太久就是我的事了。疫情大家少到公眾場合，最近半年我們又忙搬遷，但報紙實在太多，我得分好幾次郵寄。先一一跟他們對地址，怕有的人又搬家了。

黃先生，你為人熱心又細心，少見大男人這樣，實在很欽佩你。你寫得那麼多，又額外義務做著那麼多好事。

他笑嘻嘻的半認真地歎道，都活到這把年紀了，覺得大半生無甚大價值，就做點小慈善吧。文友開心我開心。

他們沒任何表示和回應？

有，黃先生說，不少要回報，我說不用，你們文章寫得好，我就很開心了。也有的不知從哪兒知道我地址，不通知就寄茶葉或其他東西來，說要讓我驚喜。有的要還郵費……這就沒意思了，送佛送到西，做好事做到底呀！

我大笑，像你這樣的義工我不知道目前還剩下多少？

黃先生搖搖頭，應該還有的吧！現在發表作品還能收到樣報的不多了，多數連投稿都泥牛入海無消息、肉饅頭打狗。唉！

我好想頒發一個「優異文學義工」獎狀給你，可惜……開玩笑至此，我打住，笑著望望黃先生。

可惜什麼？曾局長。

我用某社區郵局曾杏麗局長落款頒發獎狀給你，哪值幾個錢？哈哈。

他說，我也要頒發一個「最佳社區郵局女局長」獎狀給妳呀！

我哈哈大笑。

他也大笑，說，曾局長，我們這好像在互相吹捧呢。

我說，不能這麼說，我人在郵局，做的一切是郵局份內的事，而你可以專心寫作，不需要管他人，但你不是這樣的人。

黃先生搖搖頭，這是應該的，文學很小眾，不互相取暖，很快就沒落了。

十幾包郵件都稱重、付郵完畢，他啪了一下八達通；我將收據遞給他，他說，明天還有十幾包。我再來一趟。

黃先生謝過，轉身前跟我道聲再見，我看到他往菜市場那裡走去，應該是協助她太太買菜去了。

隨著黃先生背影的漸漸小去，我的視線慢移動，看到郵局前好幾株樹木落下滿地的落葉，一位女清潔員在清掃。

我感覺今年的秋天比往昔多了些暖意。

掃貨夫

清道夫每天為城市清掃垃圾，讓人們生活在一個乾淨的舒適環境裡，令城鄉百姓生活更加衛生文明：掃貨夫大力響應商品促銷活動，促進交易，活躍經濟，改善生活，一樣為社會做出貢獻，都屬於平凡而偉大的人物。漢字表現力強，一個「掃」字，既可以表達清除有形的垃圾灰塵，也不妨用在洗淨腦裡無形的私心雜念；既可以用在一種抽象的清理和對付，也完全可以替代古時的沽、易、換，現代特殊的買。漢字的細膩和功能，造就幾千年來中華文化的內涵深邃、博大精深、細膩入微，表現力超強；細膩、深邃，才可能豐富。

掃貨的掃，是一種特殊的買。不是買一樣，而是買很多；不是看昂貴便宜，而是不計價格，只看需要；不是慢挑細選，而是雷厲風行、大步流星奔跑掃敵，快速猶如收割機收割，聽得到簌簌簌簌，貨物剎那間就如稻禾倒在小推車內；如大掃把橫掃一切，殺殺殺殺，殺出一條血路。不是被動無奈，花錢心疼，而是主動出擊，被宰被賺都無所謂。

掃貨成功，不像過去，回家坐在一角，歎息這個月的工資又去了大半，撫摸瘦癟下去的荷包黯然神傷，而是坐在沙發上，翹起二郎腿，一邊用噴劑消毒商品，一邊哼起輕鬆的自編小調，有一種從激烈的戰場沖逢陷陣、凱旋歸來的快感和滿足感，在她（他）眼中的貨物，都是血拼一番才奪得的戰利品……

看，掃貨厲害吧！

以某掃貨夫為例，又以每逢週三某家大型超市現場為例。

此掃貨夫，雖懂掃貨，絕非無師自通，而是「師承」小表妹，堪稱她手把手教出來的大學徒，算來也是二零二零年初疫情惹的禍。那時候小城疫情嚴重，每天染病者近百人，口罩又短缺，全城空巷出動搶購而不可得，人心惶惶，談疫變色，小表妹知道掃貨夫比她癡長幾歲，大門緊鎖，嚴加囚禁，雖然不至於成為禁臠，但也讓掃貨夫坐肥了幾斤矣。她生怕他被疫魔擄掠吞噬無法生還，少了聊天的伴；一切出外事宜均樂於辛勞自己出動，最重要的當然是民以食為天，三餐飯餸第一。初期，疫情倡狂，小表妹只是一周出門一次，食物密密雪藏，冰箱爆棚。慢慢，隨著疫情緩解，幾乎清零，外出次數漸增。掃貨夫看看小表妹辛苦，早就有取而代之之意。好不容易她同意了。但每次都不忘交代：

你抓車子前，車把要消毒，回家洗手、換衣服，東西樣樣要消毒，出外的衣服一定要換下，掛在門後的衣架上……最初，她千交代，萬交代，很不放心……現在，她決定一個時期內退出緊張的戰場，堅守廚房大後方，搞掂兩餐，重振雌風，恢復「入得廚房」的大清譽。

從掃貨清單，到面授機宜；再到用手機傳遞秘笈，掃貨夫慢慢成熟。

如果有機會，週二晚，小表妹和她的掃貨夫會在出行晚歸時順道走進這家超市，像是博客裡的一種「預覽」。瞭解一下第二天有什麼東西賣；小表妹一邊視察次日值得買的東西，一邊看有什麼新東西推出而以前沒買過，怕掃貨夫忘記，她和他一一拍攝，一一交代，「蒜蓉買兩罐，蠔油一瓶，蒜蓉在其他超市都要十五元，這裡只賣十一元九；蠔油平時賣二十幾，明天才賣二十元。」

走到四方形的冰窟，看到滿滿的三文魚，兩片裝，標五六十元。

小表妹說，明兒特價只賣四十元，簡直是超值。

掃貨夫說，是的，在加嘉冷凍專門店都要六十好幾。不過，怎樣選才好？你要教我幾招。小表妹一邊在冰窟上上下下翻動，抓了三包在手示範說，選就要選像這樣的，第一，大，兩邊夾住的空間越小越好，肉多；二，色澤好，鮮橙色。掃貨夫將三文魚片接過，點點頭說，有道理！今晚我試試把其中一包藏在最底層的左下角，明天我衝進來後先來這裡，看看是否被別人選走了，如果還沒有，就挑它吧。小表妹哈哈大笑，你鬼點子比我多，你不妨試試啦！

挑大塊的是普遍的顧客心理嘛。

掃貨夫不斷請教菜蔬優選法，小表妹就不斷面授機宜，比如，蘿蔔如果是韓日進口，切成兩半，要選根部，較甜；紅蘿蔔也是小的比大的甜；西藍花選表層不要有黑癍的；菜花要選花密的；包菜（椰菜）選重的……如果你去錢大媽店那一帶，順便買西施骨……

週三，不少東西（主要是菜蔬瓜果、食品、生活用品）比街市還便宜。

週三，超市南北兩道門前就排起裡三層外三層的長龍。

掃貨夫一大早送了孫女上學後，就來到超市北門排隊，幾乎每次都排第一。他還調查到北門比南門提早三分鐘即八點二十七分就開門，一開，他就衝入，登登登從電扶梯下到地庫，很快搶得一部車（再遲幾分鐘就被顧客搶光）。這超市的車，上下兩個四方塑膠籃子，四輪，推起來非常輕巧，他雙手抓車把，以百米衝線速度飛奔，第一目標是看看那冰窟裡最大、最漂亮的三文魚是否還在？摸入左下角最底部，掏出來看，哈，還在呀！當下喜孜孜放入籃子裡。接著，他按照蔬果、用品、麵包部的幾類大區域劃分掃貨先後次序；推車之快，猶如賽車手飛車，一路左拐右彎，閃開人群，實行大衝鋒、大橫掃，左右開弓，東西紛紛

「掉落」入籃，什麼三文魚、梅豬肉片、漢堡肉餅、雞蛋、紅蘿蔔、大蔥、娃娃菜、豆角、番茄、檸檬、包菜，什麼盒裝牛奶、吞拿魚包、午餐肉包、抹手紙巾……掃貨夫速度快捷，動作利索……收銀處多達三十幾處，他選了第五號有兩位收銀員的，保持社交距離；這個時段，通常他前面至多才排五六個人而已，收銀員效率也高，一張長長的發票清單很快就吐出來。接著，清掃夫非常有技巧地按類按輕重裝袋，裝了兩大袋。東西先置於小車上，到了超市門口，一袋背著，一袋掛在右臂彎上，邁著健步走回家，看看時間，才九點五十分，哇，才不過花了三十五分鐘哩！要是別人，起碼得花費至少一個半小時以上。

走在天橋上，他看到一個老婆婆約近八十幾了，提著一袋東西沉甸甸的，邁著吃力緩慢的步伐，掃貨夫遂生了隱惻之心，對婆婆說，阿婆，我幫你拎。阿婆非常感激，掃貨夫將東西掛在左臂彎上，於是左臂彎、右臂彎、背部共挽、馱了三大袋東西，一直送到老婆婆同一屋邨居屋樓下。

掃貨夫走到半途，在通道上風涼的長木椅上休息，用手機發訊給小表妹：

半小時結束戰鬥，今天掃貨戰非常精彩圓滿！

小表妹發表情大讚，那是一個巨大的金手指和一隻跳躍著、勁道十足的牛，另一行寫：

中午我們出去吃好吃的！獎勵獎勵！

十八樓的圖書展銷

再起租，我們退無可退了。唉，想當年我們從二樓書店，一直起租，三十年來搬遷了十一次，越搬越高，再起租，我們只好搬到天臺了，這和跳樓差不多了，哪有人來！四十幾歲的女兒亞好邊擺好圖書，邊發牢騷。

朱老闆今年坐六望七，看著亞好微胖的背影，輕輕歎了一口氣。亞好當年選婿條件苛刻，老伴去世後，看到老父形影相弔，動了隱惻之心，不再想找婆家。父女就如此拍檔，撐起這家近四十年的小書屋。

亞好，今天是疫情兩年第一次五折大展銷，我們一向都做熟人生意，無論是誰，今天一律賣，不送。記住呀。

明白，女兒笑笑回應。

如果再沒人買書，我們兩個月後就把書屋結束掉！老爸斬釘截鐵地。

爸，你我都在各自的群組通知朋友了，等於打了廣告，看來不會沒人來吧。亞好一邊說，一邊將那「五折大清貨，血本無歸」的大標語貼在書店門口牆上的當眼之處。

十一點，飲食大王戴先生走來，朱老闆和亞好趨前打招呼。戴先生是老朱的發小，幾十年後發得不清不楚，小城富豪百人榜上有名，多次慶功宴，都發帖邀他出席。他看中一本有關人際關係和演講技巧的書，原價格是一百五十四元，掏出兩百元，老朱說折後僅七十七元，推了很久，要送他，他不肯，老朱只好找了一張二十元鈔、一個二元輔幣和一個一元輔幣給他。交談幾句，戴某很快就走了。

一會，寫作聯誼會的前老會長夫婦走來，疫情一年多沒見面，似乎蒼老了一些，想到當年是他介紹入會的，目前夫婦倆似乎已在落魄中，當對方將一本厚達四百多頁的傑出人物小傳摸在手上翻看很久時，老朱說，這本前幾年很搶手，這是最後一本，已經有點殘舊了。我們送給你。亞好見狀，接過來裝在膠袋裡讓他夫人拿。老夫婦推辭不過，接受了。

老會長夫婦走後，書店清靜到中午。亞好下樓買了兩盒簡餐—煎蛋肉餅飯上來。父女倆匆匆扒完，熟人又陸續來到。

陳太太走過來，翻了好幾本兒童書，想買給孫女看。老朱問她孫女幾歲？她說十歲，朱老闆挑了三本，塞在她包包裡。陳太太說，這怎麼可以，我買，我買！但沒有掏錢的樣子，只說了一句，這怎麼好意思。

一會，有人挑選了兩本書，走到負責收銀的亞好跟前要付款，朱老闆一看，是家居大廈常常為他們開門的、喜歡看小說的護衛，吃了一驚。老朱說，你對我們還客氣什麼？愛看書我們就很欣賞。書就隨便撿去看吧，書錢千萬不要。亞好也幫腔，是的，是的，不用客氣。

兩人謝過走了。

亞好笑著搖搖頭，道，看來來的都是熟人。老爸說，他們來捧場，人到已經不錯，大都是應酬買一本，我們哪裡好意思收錢？亞好點點頭，說，也是。老朱說，何況，這也是人情。

……

午後三點後的的時光，親友來得最多，一撥一撥的，有時，七八個一起到，大家好久沒見面，少不免拍拍照，留影做個紀念。

老朱早年也寫點東西，但沒出過書，在這小城裡無人知曉，今天展銷，帶了剛剛印好的二十本處男作來展銷，始終沒人問津。拍照過後，女兒問他，書怎麼辦？老爸說，我不好意思讓他們買。亞好說，那我替你推銷？老爸說，不了，不了，不好意思，我面皮薄！還是送吧。

親友們接到老朱的書，都很吃驚。大家都以為他只是喜歡書業，基本上是個粗人，都不知道他也寫過東西。雖然只是一百多頁的專欄結集，但紛紛都來祝賀他。

他聽到大家爭先恐後、不約而同地說我們買、我們買的話，但沒有一個人掏出錢來。只是在一瞬間，二十本書，已經送剩五本。

送書的場面似乎很熱鬧，但也仿佛一哄而散似的，很快，書店恢復了原先的冷清。

亞好將今天送出的、售出的圖書書名和數量清單遞給老爸。

老朱讀：送出三十七本，賣出一本。

不久，一位漂亮的女子走過來，老朱認得那是孫子在幼兒園的班主任李老師，攀談幾句，老朱說最近忙，都沒法送孫子上學，都是印尼姐姐送，李老師則大讚他孫子可愛聰明……老朱除馬上簽了一本著作送她，還送了一套三本的《育兒故事》給她。李老師先客氣掏錢，老朱堅持送，最後也接受了。

……晚上十點臨關門前，住在附近的老黃走進書店，那是四十年前業餘寫作的老友，後來做電器零售生意，得閒喜歡看書，每次來買書，老朱總是低於五折或算本錢賣給他，有時還買一送一。他欽佩老朱的堅持，現在，紙質書店是越開越少了。攀談幾句後，老朱將自己的小書簽了一本給他，他祝賀老朱終於圓了出書的夢。

他隨便挑了一本書，掏出一張千元大鈔給他，還說，不必找贖了。

這怎麼可以？老朱堅持著。

這二十年來，你一直優惠我，血本無歸又怎麼算？

那你多挑書。

我喜歡的都有了。

老黃走後，亞好將錢箱交給老爸，說，爸，今天做了兩本書的生意，最後一位算送你獎金大紅包吧？

老朱苦笑了一下，不錯了，總算沒吃鴨蛋，關門吧。

女兒問，書屋不做了？

不是，我是說今天時間到鐘，我們可以收工了。

那我們書屋還做下去嗎？女兒問。

老爸反問，妳說呢？

兩人對視而笑，都不言語。

魂驚第三針

打新冠疫苗第三針的第二天下午三四點，大美人小梨面部腫脹，紅成一片，不得了喲，好似比平時大了一圈。剛巧來訪的阿桂乍然一見，嚇了一跳，問：怎麼搞得？

阿桂深度近視，怕看錯，湊近小梨的臉，幾乎吻到她了；仔細觀察之下，大驚，你不要嚇我！快去急診吧！小梨連說，沒事，沒事，你不要緊張啦！看來今晚就會消腫的。上午更厲害，梳洗刷牙時，還以為是別人闖入浴室哩！

阿桂說，一個大美女變成這樣，我好不心痛。你這是第幾針呀？第三針。

阿桂又問，前兩針也這樣嗎？小梨說，沒有。第一針只是稍微感覺疲倦，很快就好了；第二針手臂打針處有點腫，一天就消了。

阿桂聽到好友如話家常，輕描淡寫，很是驚奇，反問，你不要求賠償嗎？賠償？

是啊，賠償！

打疫苗針，純屬自願，何況事前已提供一大堆資料給你參考，有的人會有副作用，有的人平安無事，非常正常，賠償什麼？

腫得那樣大，那樣紅，我本來預約三天后去打第三針，現在都怕怕，準備明天取消。

小梨搖搖頭道，我才不怕，準備半年後再打第四針，你身體比我棒，怕成那樣？

印尼姐姐熟悉了常來探訪的主人這位好友阿桂，很快端出了熱氣騰騰的兩杯咖啡。一直站著的阿桂此時才坐下來。小梨歎了一口長氣道，當初疫情嚴重，大家盼望疫苗早日開發普及，現在疫苗大量供應了，一些人就像你，怕這怕那，就不怕被新冠變種傳染，爆發第四波第五波，看來我們小島沒希望徹底清零。

可是萬一臉腫無法消退，我怎樣見人？阿桂反問。

你是想得太多了。不會的。小梨安慰她。

什麼不會，你就是活生生的大樣板。

小梨一時無語，但還是說了，很快就會消失的。

阿桂遊目客廳佈置，初入演藝場幾年的小梨，家裡四壁掛滿了她的中外電影大偶像的頭像和劇照，門邊衣架掛滿帽子、戲服和幾款面具。

小梨說，其實副作用因人體質而異，很難說的。我一向打針沒有問題，這一次，做一個不太恰當的比喻，像是幾千萬名打針者裡的一次中彩。我就不相信不能很快消腫。我看你還是不要取消吧。打好過不打！萬一你中新冠，不要責怪我無法送你。

阿桂哭笑不得，聽到那句「送你」真是百般滋味湧上心頭，心亂如麻，對閨蜜百無禁忌、口沒遮攔的玩笑有點不快，又無法反駁，她知道這是小梨大咧咧的個性，並無惡意，但自己不願打的心意似乎更加堅決了。她將咖啡一飲而盡後告辭。

小梨見她臉色不悅，一直送她下樓。安慰她道，人各有志，打不打最後還是你自己個人決定。但你全家人都打第三針了，何況你前兩針打了都沒事，不是嗎。

我決定不打了。明天上午妳幫我取消。

好，明早我上你家坐坐，順便幫你打電話。

早晨九點正，阿桂聽到門鈴，她以為是小梨，迅速開門。見到鐵門外，竟然是一張大紅臉，兩道粗黑眉毛上揚，雙目怒睜，嘴巴咧開……一時嚇得心臟幾停頓。再仔細看她的穿著，分明是小梨的修長身材和獨特款式的服裝，她一顆心才落地。

亮了全客廳的所有燈，才發現，小梨戴著一張面具。心想，這傢伙，還逞什麼強！一定腫得比昨天厲害、不敢以真面目示人了。小梨坐在沙發上，久久不語。

阿桂入廚房沖咖啡，準備端出來時，聽到小梨的嘻嘻笑聲。接著看到她脫下面具，戴著一副黑眼鏡，鼻樑下還戴了一片比一般口罩大很多的粉色大口罩。

小梨伸出手，接過阿桂端來的咖啡。

阿桂歎息道，裡三層，外三層，你又何苦裝好漢打什麼第三針呢？

小梨說，你手機拿來。

說著，小梨笑了兩聲，將黑眼鏡和大口罩徐徐除下，一張白淨、細膩、皙白的美人坯子的小臉突然呈現在阿桂眼前；那吹嫩欲破的粉色雙頰，粉嫩粉嫩的，兩粒凹旋下去的小酒窩，正是小梨一向的迷人招牌。與昨日的大腫臉簡直判若兩人，恢復了她昔日的美。

阿桂看得呆了。

小梨笑了，說，一覺醒來，全消了。我昨天都說……今早這打扮，戲弄你而已，哈！

此刻，電視畫面正在播出專家建議半年後也許將會安排打第四針的消息。

小梨抓著阿桂的手機，問，第三針預約如何？決定取消嗎？

阿桂一時猶豫著，這、這、這……我再想想、想想……

相思黃薑飯

看到「相思餐館」招牌四個字，程江的心一陣亂跳。

還沒嘗一口，癡癡望著端上來的黃薑飯，程江眼睛一濕，淚珠兒頃刻湧上，在眼眶裡熱燙地滾動，要不是遞著紙巾的一隻手伸過來，淚水早就滴落在黃薑飯上。

順著伸來的手望著女店主，看到了米黃色大口罩上面那雙陌生又善意的眼睛在微笑著，問他，是不是辣到了？你要的辣椒只放了一點，不怎麼辣的。

不是……只是說了兩個字，那女店主已經一陣風卷似的忙著為其他食客點菜寫單了。

這餐廳電子點菜、八達通、信用卡都無法用，店面的招牌陳舊結灰，店裡木制座椅窄逼，大略只能容十七八人左右。環顧店裡環境之後，老程視線再一次落在自己桌面的這碟黃薑飯上。幾年前觀看八集《鴨川食堂》連續劇，不理解幾位顧客只是嘗了一口美食，就突然淚流滿面，現在自己還沒嘗，只是看一眼，就無法控制如激流洶湧而來的激情淚水，終於理解了，那都是因為吃到、看到了記憶中的味道。

更準確地說，他此刻是看到了記憶中美食的模樣。

除了四五十年前沒有這樣精緻的暗綠色四方形瓷碟子，那時用的是木制的外，這幾乎半個世紀後的黃薑飯，菜肴擺法五十年不變，形成了「群星供月」之狀，左上角坐鎮的是兩塊深棕色濃汁巴東牛肉，順時針過來是半粒水煮蛋後再油炸的雞蛋，上面整齊地塗抹了紅紅的辣椒醬，再來是混雜了迷你小魚的幾湯匙分量的油炸花生、上面灑滿紅蘿蔔絲的酸甜醃制青瓜，接著是白色邊的炸蝦片，最後是塗抹了番茄辣椒汁的切條蒸煮茄子，中間就是黃黃的薑汁飯了，猶如一個中秋月亮，鼓鼓的仿佛從一個大碗模版倒出來，上面還撒了些許炸紅蔥末。這個賣相，很顯然是用心良苦地打造出來的，集棕、紅、綠、白、紫、黃顏色之大成。

看看時間，正好是十二時半。其他美食菜肴，在營業時間十一時後不久就可以送到食客面前了。唯獨這碟相思黃薑飯，菜單上特地說明需在十二時半才有，且在一個小時內限時限量供應。

開始脫下口罩，一陣黃薑飯的香味撲鼻。

老程端起叉子湯匙，翻動碟上的食物，巴東牛肉兩塊，雞蛋半個，茄子五小條，數量全沒變；炸花生混雜著小魚仔，味道鬆脆香酥，青瓜淺嘗，脆得勃勃響，牛肉軟得入口即化，記憶中的味道十足十；再嘗一口那黃薑飯，閉起眼睛，攪動舌頭，慢咬細嚼，天啊，半世紀前的老家、小鎮味道全方位地飛回到他舌頭的味蕾上，折磨他，再逼出他的淚。黃薑飯完全不油膩，不放椰汁！

老程以前吃遍這小島幾個地區的的黃薑飯，雖然都是南洋華人當小老闆，但都不是家鄉人開的，僅試黃薑飯就知道，事緣唯獨他老家的特別，不用椰汁。

如今這獨一無二的沒有附加物的黃薑飯滋味，再次令他淚濕滿面。

疫情延綿兩年，單身的老程深居簡出，住在公屋的他不賭不抽、結衣縮食，唯一的愛好是吃，特別是南洋千島之國的美食，當然，尤其是懷念他家鄉S鎮的黃薑飯，但幾十年來無緣相遇。疫情稍緩直至清零，他才有可能得空出行，再度吃遍小城。不知怎的，總是有一種失落情緒湧上心頭。

黃薑飯，是他記憶中的家鄉味道，也是初戀的味道。

那年他十八歲，與小他一歲的阿思同班。兩個人感情甚篤，相約北上深造。沒想到戀情為父母反對，雖然兩家家境都不相上下，但阿思是獨生女，開小飯館的阿思父母死活都不讓女兒離家，希望她在當地嫁給有錢人。阿思和小程傷心欲絕，難分難舍，相約無論如何，小程北上後，阿思也要設法回去，在北國相聚，重續前緣。

那時阿思家開餐廳，以黃薑飯聞名小鎮。父母精湛的廚藝傳給了女兒阿思，小程江啟程前夕恰是星期日，阿思下廚幫忙，親自招待特地來店吃最後的告別黃薑飯的小程。

阿思從這一天起，製作了新菜單，黃薑飯前加多了「相思」兩個字。

她端出黃薑飯的時間正是中午十二時半，黃薑飯上面的菜肴和眼下擺法一模一樣，呈「群星供月」之狀，順時針是兩塊深棕色濃汁巴東牛肉、半粒水煮蛋後再油炸的雞蛋、混雜了迷你小魚的油炸花生、酸甜醃制青瓜，白色炸蝦片，最後是切條蒸煮茄子，中間就是黃薑飯。

……老程想，除了阿思一家，獨特的黃薑飯還有誰家製作和出售？半個世紀的闊別和久違，餐館又怎會在這小島出現？

相思餐館？阿思如今又在哪裡？難道剛才那位女店主是她？

外面食客大排長龍。老程雖然想將餐椅坐穿，無法不起身結帳了。

剛才的女店主未見。該是在廚房忙碌；收銀的是一位眼神酷似她的姑娘。

老程走出餐廳時，感到滿腹惆悵……

島嶼：再見阿思

自從嚐了那家餐廳的相思黃薑飯，老程失魂落魄，每到上午十一時許，腳兒無法自控，如有神引，下電梯、乘地鐵，走進那家相思餐館。

想再見見收銀處那位眼神含著笑意的女子，但坐鎮和走動招呼、記餐的都換了那年輕姑娘。點了相思黃薑飯，十二時半，後廚準時送餐的也不見她，換了一個男助廚。

老程望著豐盛的黃薑飯發呆，萬分後悔昨日膽怯，不敢趨前相詢。不過，餐廳名字有雷同，黃薑飯雖然還是那味道，也可能傳到了下一代，誰會理睬他的多事？如果真是她而且有心，難道認不出他？他吃的時候不是除下了大口罩嗎？但回心一想，半世紀後的他已經成為半個老翁，戴帽子，兩邊鬢髮全雪白，又戴著灰黑色眼鏡，皺紋縱橫交錯，縱然咫尺相對，豈是容易相認。五十年啊，也許郎有情，妾無意，當年的山盟海誓早就灰飛煙滅。

多情會被無情誤。一星期了啊，老程準時中午進餐館，呆望飯桌上的黃薑飯，飯上映現的都是阿思那年的臉龐。但那「疑似阿思」猶如人間蒸發，不再出現，也許他是做了一場白日夢？他決計不再做這等傻瓜行徑了。縱然確切無誤，是阿思她，再見又如何，有了女兒，顯見成立了家庭，彼此見面有的只是尷尬，又何必呢。

昏昏沉沉地過了一個月。

老程偶然到那餐館一帶買電腦零件，忽然想起相思餐館就在附近，心想，有一個月了，沒來幫襯，看看時間很巧正是中午一時十分，再過二十分鐘，黃薑飯就停止供應；他快步穿巷過街，趕進了相思餐館。好險，只剩下十分鐘。

甫坐定，一聲招呼傳來：黃薑飯一份，珍多冰一杯，是吧？

聲音來自收銀處，老程吃了一驚，一看，竟然是他第一次進餐館見到的眼睛含笑的戴米黃色大口罩的女店主。未等他回覆，她已一陣風似的入廚，又一陣風旋出來。一盤香噴噴的黃薑飯已經擺在他桌上，前後不到五分鐘。端出珍多冰時，女店主同時將一張殘黃的黑白照遞給他。

你上個月最後一次來吃時，跌落在座位地面上的。她說。

老程想起了，那應該是他掏錢時不慎掉下來的。

照片上是半個世紀前老程（當時是稱小程）和阿思站在小鎮她家餐館前的合影。青澀的容顏，讓人讀出可愛和無邪，令人聯想到初戀的純潔。

她說，我也有一張。老程大吃一驚，更驚訝的是她向他招招手，引他站在收銀處看那後面的牆，果然那裡也貼了一張一模一樣的黑白照，不同的是過了膠，保護得更好。

阿思——老程想張開嗓子大叫，叫不出，只是眼定定凝視女店主。

小程——真想不到，對方非常輕聲，卻親切如故，兩眼閃動淚花。

老程激動興奮，黃薑飯只進了幾口，無法再吃；阿思說，我叫他們打包。

* * * * * *

相思餐館一夜無眠。

十時打烊後，館內安靜，半世紀前的同學少年，如今一個老眼昏花，一個頭髮花白，對看無語。青春年代的激情，好似全在歲月的捶磨之下消失無蹤了，唯餘沉默和凝望。

兩杯咖啡氤氳了一室的靜寂，時光仿佛定格凝止。

明明認出了我，故意戲弄我？老程很疑惑地說，我動湯匙時，除了口罩啊。

阿思搖搖頭道，你戴著鴨舌帽，兩鬢雪白，下巴也留了白鬍鬚，又戴了灰黑眼鏡，時間又相距了五十年，誰敢認誰？

那眼睛為什麼對著我笑？老程不服。

我對其他顧客也是這副表情，難道哭喪著臉？

唉，只怪我膽怯，不敢貿然相認，第二天起你又失了蹤。

阿思說，那也正常，跟風製作相思黃薑飯的有好幾家呢。何況我的大口罩比誰都大。

我一個月前天天來報到，幾乎一周風雨無阻，妳卻好像有意逃避我，玩失蹤。

阿思哈哈大笑，你想像力豐富，我哪會這樣？真那麼不巧，我動了白內障手術，兩邊都割除了，正好相隔一個星期，休息中。

這樣啊。妳到現在還戴著大口罩。我不堪入目的老態，至少你看過了兩次。

我添加了滿臉的麻子，你會很失望。假設歲月倒流，你是愛我的內心，還是一張臉呢？

阿思依然戴著大口罩，半開玩笑半認真。

老程掠過了一陣不悅，估計她今日已不同往時，好講風涼話吧。

又沉默了好半響，只聽得牆上古老鐘秒針走動的滴答聲音。

妳如今有女兒有事業，我應該祝福你，我卻還是當年那個非卿不娶的傻子，如今變成了單身光棍。老程有點傷感，說完，站起，轉身走到門口，準備離去。

阿思見狀，吃了一驚，也急了，趕緊起身，突然從後面將老程環抱住。